並蒂詩情

童山題

徐世澤、邱燮友、許清雲
徐國能、吳東晟、徐德智 合著

萬卷樓

目次

《並蒂詩情》序

徐德智

　　歲月流金，過去的日子是模糊的；但記憶卻很清晰，就如同一首首詩歌，記錄下往日的事蹟。我們於二○○九年出版了《花開並蒂》，二○一○年出版《並蒂詩花》，去歲二○一一年出版《並蒂詩風》，而今年並蒂系列正式邁入第四輯，亦邀集了志同道合的一群愛詩之人，將近來的新著付梓。今年的《並蒂詩情》共有六位愛詩之人共襄盛舉。本詩集之編列，按年齒編次，依序為：徐世澤、邱燮友、許清雲、徐國能、吳東晟，以及筆者；各列詩論一篇，并現代詩、古典詩詞若干首。

　　排在卷首的是徐院長世澤。徐院長是一位奇人，一生懸壺濟世，同時鍾愛中華詩學，熱心推廣詩教。舉凡重要的詩社活動，譬如瀛社、《乾坤詩刊》等，皆可看到他投入的身影。本並蒂系列詩集之出版經費，亦皆由徐院長一人承當。曾向方子丹、張鐵民、張夢機三位老師學詩，詩法與詩心兩得。繼去年〈我習作古典詩的筆記〉之後，今年更加增訂內容，寫成〈習作古典詩的方法〉一文，足資後學參考。其詩寫盡人間萬態，無一不充滿醫者慈悲，讀來令人動容。尤應

提及的是：其視野開闊，包覽世界，饒有地球村之情懷，不局限於臺島一隅；下筆每帶豐富情感，傳遞人類共有之或無常或永恆的苦樂。生活紀實性亦強，正是詩人本色。不論是往時記憶的追述、親朋故舊的交遊、人生遭際的點滴、新聞事件的感受……都一一入詩。徐院長勤於作詩，並有其獨到見解：「依我從事醫療工作四十餘年的體會，寫詩是想說出內心的話，……使生命更有抗壓性。」旨哉此言！

其二是邱燮友老師的詩篇。八十詩人古來稀，而老師年逾八十，詩興愈增。當時初識老師時，即見一仁慈長者屏心潛息於寫作，自得其樂，恰如一幅人生勝景。老師以做生命的學問來做一位學者與一位詩人，不僅著述等身，而且詩香滿家；以智慧來觀照人生、社會與世界，從彷彿平凡的事物裏看到瑰麗的內涵，從最卑微的角落中見出人性的光輝。其詩多為即景而作，摹物有道，而攄情有節。〈台北街頭所見七首〉、〈問天〉、〈小黃自白〉等作，是對於社會脈動深刻的觀察，對於人生深刻的體悟；古人所謂「沉著」，當之無愧。〈千層白行〉、〈紗帽山歌〉、〈西湖行〉、〈東方明珠行〉等幾首樂府詩，最能顯示老師寫詩的功力與情味。節奏輕快，行看流水，坐想白雲。筆者讀〈一隻勤勞的螞蟻〉，感觸特深。螞蟻是老師謙虛自喻，也讓筆者讀到了一位學者詩人，一輩子堅毅誠樸「不畏浮雲遮望眼」的個性與品格。

其三是許清雲老師的詩篇。筆者就讀東吳大學時，修習

「詩選暨習作」課，即聽聞老師喜好作詩。後來慢慢才知道老師不但能寫古典詩，亦作現代詩。然而，不論現代詩或古典詩，均具有濃厚的古典風味。〈回鄉偶書四帖〉寫其故鄉澎湖。種種典型意象，讓澎湖一時躍然於紙上。兒時記憶與懷鄉之情，交錯出現，而融會於一爐。〈古詩改寫十六章〉按原詩章法，娓娓寫來，另添變奏；於改寫之外，自具個人體會。採用古典詩意，而以現代語言表出，或許正是「奪胎換骨」的一種實踐。〈緣結東吳四帖〉雖為百年校慶所作，而卻像一位稱職的嚮導，穩健地帶領著讀者，穿越記憶的蟲洞，重回數十年前的東吳大學。古典詩部分，皆為絕句。〈種花〉、〈移松〉、〈觀蘭〉、〈詠菊〉、〈紅杏〉、〈盆栽四首〉等詠物之作，最為可觀。一花一樹，儼然天地，自有詩人居焉。蒔根剪葉之間，看盡四時，看盡三萬六千日。

其次是徐國能老師的詩篇。其散文詩筆，兩俱聞名。一讀其詩，深覺其現代詩，「現代感」十足；其古典詩，頗存「古意」。二讀其詩，總感覺到一股閑諡悠遠的情調，彷若一縷山澗，靜而自清，緩緩流動，流向 然不知名的遠方。三讀其詩，又感覺到一種淡淡的哀感，在時空的消逝與現實的銼磨中，悄然培養滋長，而嚮往著理想的滄浪。他屢屢不經意地提及「寫詩」此一意象；寫詩隱然是某種儀式，藉以進入某種狀態，藉以保護最後一塊天真處女地。《楚辭》記漁父言曰：「滄浪之水清兮，可以濯吾纓。滄浪之水濁

兮，可以濯吾足。」漁父之滄浪，何嘗不是詩人之滄浪？正如他所言：「任誰都必需羨慕我，我在學校裏的工作是教詩……」信然！容筆者斗膽自行再加上幾句話——任誰都必須羨慕詩人，詩人眞正的工作是寫詩。

其次是吳東晟老師的詩篇。在本書該詩選之前，曾自擬一序，詳盡地說明了自己的爲詩態度，以及詩篇內容。最爲鮮明者，是他在古典詩與現代詩二者之間，互相跨越交融的諸般實驗。譬如「古典詩現代詩一題二體」，從文類跨界中挖掘新鮮感。如現代詩中，有「詮唐詩」、「東城樂府」，拿古典內容或形式來重新發揮。如古典詩中，有「讀現代詩」等，既回應，且創造。他曾自言：「性喜詼諧，常以詩開玩笑；同時也認眞嚴肅，對傳統文學有崇敬之心。對古典詩的學習，像個大大的括號：上括號是成爲典律的唐宋諸賢，下括號是四百年來臺灣先賢。從上括號中開拓眼界，又從下括號感受傳統詩與生活的結合。這兩個括號，能括起一個極爲豐富的世界。」詩與生活結合，故歷千百年而不亡；生活與詩結合，故行住坐臥皆精采。

卷末爲筆者個人的作品。所錄現代詩，皆爲一年以來新作。其中擬童詩數首，從小犬觀點著眼，試著回歸童眞，傳達簡單純樸的趣味。筆者今年的古典詞《魯拜詞》，是以〈漁歌子〉一調爲體，衍譯奧瑪珈音（Omar Khayyam）《魯拜集》101首。近代以古典詩、現代詩翻譯者有之，但是以古典詞來翻譯的，筆者嘗試爲之。筆者所衍譯者，本之

於費氏結樓（Edward Fitzgerald）的英文衍譯本；鉤提其中的要義，而加入自己的發揮。《魯拜詞》對筆者而言，實在別具意義。真正的詩，向來是時代之歌；《魯拜詞》便是筆者濫竽博士班期間，想唱的歌。

　　在閱讀這些詩篇之時，筆者感受到某種生命力從中不斷湧出。然而，在時代的大河中，沒有誰可以駐足第二次，也無人能夠抵擋滔滔巨流。王羲之〈蘭亭集序〉云：「夫人之相與，俛仰一世。或取諸懷抱，晤言一室之內；或因寄所託，放浪形骸之外。雖趣舍萬殊，靜躁不同，當其欣於所遇，暫得於己，快然自足，不知老之將至。及其所之既倦，情隨事遷，感慨係之矣。向之所欣，俛仰之間，已為陳跡，猶不能不以之興懷。……固知一死生為虛誕，齊彭殤為妄作，後之視今，亦猶今之視昔，悲夫！」骨毀形銷會有時，還好，我們有詩，足以傳世。在我們的詩囊裏，兼涵傳統與現代的彩筆。我們寫我們時代的詩。

西元2012年12月25日

徐世澤簡介

作者近照（2012年12月6日）

江蘇東台（興化）人，一九二九年三月十三日生。國防醫學院醫學士、公共衛生學碩士，曾赴美、澳、紐等國考察研究，十四度代表出席世界詩人大會，足跡遍布六十四國。曾任醫院主任、秘書、副院長、院長、雜誌總編輯等。作品散見各報章雜誌，並列入世界詩人選集，出版中英對照《養生吟》詩集、《詩的五重奏》、《擁抱地球》（正字版、簡字版）、《翡翠詩帖》、《思邈詩草》、《新潮文伯》、《並蒂詩帖》、《健遊詠懷》（正字版、簡字版）、《花開並蒂》（合著）、《並蒂詩花》（合著）、《並蒂詩風》（合著），及本書《並蒂詩情》（合著）等。

曾獲教育部詩教獎。現任中國詩人文化會副會長、台灣瀛社詩學會常務監事、《乾坤詩刊》社副社長等。

作者獲頒母校「終身成就獎」郝前行政院長柏村頒發（2011年11月26日）

作者夫婦於2010年夏出席南京詩會吟宴

古典與現代比翼雙飛

徐世澤

　　目前，全球會寫詩的華人所寫的詩體，不外乎兩種：一是古典詩（舊體詩），二是現代詩（新詩）。筆者於1997年，出任《乾坤詩刊》社副社長，從事兩種詩體的寫作，已逾十六年。五年前，有《花開並蒂》出書的念頭，而今與邱變友教授連續出《並蒂詩花》、《並蒂詩風》及《並蒂詩情》等。

　　古典詩中的近體詩（格律詩），是以漢詩為載體。漢字是世界上獨一無二，以單音、四聲、獨立、方塊為特徵的文字。漢字把字形與字義，文字與圖畫，語言與音樂等絕妙的結合在一起，這是其他國家以拼音文字所無法比擬的。近體詩給人以形式整齊美、音韻節奏美、比喻對仗美、含蓄明快美和吟誦易記美的五美俱全。尤其是押韻，具有音樂性，不可歌，而可吟。如句式長短的規定，篇幅寬狹的限制，句式結構的成型，都是與吟唱有關的。它所用的意象、比興，不比現代詩差。由此看來，是不可廢，絕不會被廢，也是目前現代詩不能取代的。

　　我的詩觀，可說是中庸派。認為古典詩存在兩千年，應有其價值。今日的創新，也就是明日的傳統。現代詩是詩歌

流變的必然趨勢，凡一代有一代的文學，正如宋詞、元曲一樣。而古典詩一直存在，當然七言絕句、律詩還會有人寫，可以導入創新，繼承而能創造，乃是舊瓶裝新酒。當亦應與其他詩體並存，各展其所長。只要寫到情真、意新、格高、味濃，經過三、五十年讀起來，仍有其啓發性，就是好詩。

近體詩形式甚美，但畢竟規則嚴格，相對的是比較難作，但難作不等於不能作，更不等於不能普及。對於任何詩人來說，近體詩都不是生而會作，都會有個不合「正常規格」的階段，到逐步符合「正常規格」的過程。對這個成長過程，應當持包容的態度。初學寫詩者可以由易到難，從寫七古絕或新古體詩入手，先做到「篇有定句（四句）」，「句有定字（七字）」、「韻有定位（順口韻押在第二句末及第四句末）」。這樣相對容易一些。使愛好古典詩的人不斷增加。在此基礎上，其中必有一部分人興趣濃厚，力求步入正軌，願再在「平仄」上下功夫，逐步掌握「正常規格」的要求。如此便可在普及基礎上提高，而繁榮近體詩（格律詩）。我之所以不厭其煩的講出這個推廣詩教辦法，乃是肯定漢字不滅，近體詩就不會亡，永遠會和現代新體詩「比翼雙飛」，共存共榮。七十歲以上老人能讓手部、眼睛與大腦協調，活躍老化，寫些應景詩和酬唱詩，與詩友們歡聚，更可以延年益壽。

現代詩的著名詩人，所發表的，大多已有想像空間的意象語言美，古典旋律與現代節奏的融合美，已能選擇暗示性

強的象徵和隱喻，並帶有抒情性。如能設法帶領一般詩人，加重詩的音樂性及其附屬的體式，而回歸音韻節奏，回歸對外在形式的規範。現代詩人應尊重古典詩韻律的原則，並加以利用，而不要去改造它。還可以向它研究寫作手法上的啟示。

　　現代詩可用豐富的多音辭彙及其語法結構，反映資訊時代的需要，考慮節奏的安排和詩行的搭建，具有能看能聽能記的生命力，成為一種盛行的美學新體詩。現代詩是詩歌流變的必然趨勢，有機會和宋詞、元曲一樣，成為二十一世紀的新創詩體。如此，教學生習作也較容易，老師和評審委員也可依此規範而評分。

　　依我從事醫療工作四十餘年的體會，寫詩是想說出內心的話，擴大視野，豐富了生命，把憂愁、感傷、怨恨、憤怒都表達在詩中，使生命力更有抗壓性；白天在上班或社交場合所受的委屈，全在晚餐後寫詩時消失，翌晨照樣精神振奮，盡力從公，毫無怨尤，真是作詩之樂樂無窮。1995年退休後，更認為寫詩應對人生與事物有深刻的觀察、理解、思考，體現詩能解脫人的心靈。

　　我寫的現代詩，以前多重用起承轉合，情景交融（涉及意象），現在將開始重視形象化的思維和韻律化的情感，用心以字數和音頓的整齊，並使各節（各段）對應構建，盡力符合新文化潮流。而古典詩也知將人生況味寫入詩中。因曾追隨大詩家張夢機教授學習五年半，並在萬卷樓出了一本

《健遊詠懷》詩集，其銷售量令人欣慰。我在古典詩學會群中也聊備一格。目前只想做一個推廣詩教者而已。在我的餘年，能經常讀到具有境界高遠、意象鮮明、情辭眞切、比喻巧妙、韻味悅耳，以及分行分節吸睛等的詩，我就滿意了。

習作古典詩的方法

徐世澤

前言

我於1995年退休後，即想拜師學寫詩。最初是方子丹教授，接著張鐵民教授，2004年復拜張夢機教授於藥廬，直到2010年夏始止。其間有林正三理事長為我修改拙作，我可算是一個終身在學詩中。

因我是醫師出身，平時所觸及的多為醫療行政和英文書，很少閱讀文藝刊物。55歲時我當了醫院雜誌總編輯，對詩才有一點興趣。

1998年，追隨方子丹教授，是調平仄聲階段，他要我熟讀唐詩三百首和勤翻《詩韻集成（附索引）》，隨時可找出某字是平聲或仄聲。四個月下來，便可寫四句順口的七言詩。兩年時間可勉強湊四句。學了六年，他為我所寫的《思邈詩草》作序。接著求教張鐵民教授，我只想習作七言絕句，他便熱心地指導，並給我一本講義，我很容易學會了一些規格。到了2004年10月，蒙張夢機教授約見，林正三理事長專車載我前往。夢機師願收我為徒。因他必須坐輪椅，左手不能動，右手寫字時歪歪斜斜地很吃力，多以口述為主。

我每個月到新店藥廬一次。學了五年半，他為我審訂《思邈詩草》，另行出版一本《健遊詠懷》，並惠賜序言。我每次上課都用心聆聽。筆記了許多寫詩的規則和範例。我把他所教的尊稱為「名家立說」。因上三位教授均已先後作古，今特將其所教的整理出來，分述如下：

一、習作初步

（一）造句讀詩

我是每星期二下午三時至五時，往方子丹教授住宅上課，他先教我熟讀《唐詩三百首》中的七言絕句，模仿前人的詩句，寫兩句順口的句子。方教授當場審閱，並指正。

（二）調平仄聲

接著學調平仄聲，要我勤翻《詩韻集成（附索引）》，四個月下來，便可寫四句順口的七言詩，有時方教授還會找出我的平仄聲錯誤。

（三）練習作詩

半年後，我仍然是每星期二下午上課，方教授先作一首詩傳給我看，就依他的題目或自由擬題寫四句，當天交卷。下星期二來時，他就改好發還，並解釋為何改這幾個字。通常修改多是用字不妥或不雅。很少一句全換寫的。算起來，一年至少寫50首，六年下來，便成一書《思邈詩草》。

二、七言絕句規格

（一）七言絕句

　　七言絕句（簡稱七絕），即以七個字為一句，計四句為一首。共28個字：第一句是起句，第二句是承句，第三句是轉句，第四句是合句。按「起、承、轉、合」的意旨，在一首絕句中，以第三句為最重要，因轉句是一首絕句中的靈魂。並有其一定的規則與格式。現分別舉例於後：

　　平起式與仄起式，以首句第二個字為準。如首句第二個字是平聲，即是平起式，如首句第二個字是仄聲，即是仄起式。

平起式首句押韻

　　平平仄仄仄平平，仄仄平平仄仄平。
　　仄仄平平平仄仄，平平仄仄仄平平。
（註：下列各詩中的平聲字，是用「—」的標示。仄聲字是用「｜」的標示。）

偽藥
奸一人一售｜藥｜沒｜心一肝一，
仿｜冒｜明一知一治｜病｜難一。
掛｜上｜羊一頭一銷一狗｜肉｜，
胡一言一野｜草｜是｜仙一丹一。

仄起式首句押韻

仄仄平平仄仄平，平平仄仄仄平平。
平平仄仄平平仄，仄仄平平仄仄平。

農民怨

酷｜暑｜嚴－寒－怕｜地｜荒－，
防－颱－避｜雨｜下｜田－忙－。
秋－收－賣｜得｜錢－多－少｜，
不｜若｜歌－星－去｜趕｜場－。

平起式首句不押韻

平平仄仄平平仄，仄仄平平仄仄平。
仄仄平平平仄仄，平平仄仄仄平平。

午夜太陽（挪威）

斜－陽－不｜落｜重－溟－外｜，
登－上｜地｜球－最｜北｜端－。
永｜晝｜天－光－書－可｜讀｜，
孤－高－岬｜角｜濕｜風－寒－。

仄起式首句不押韻

仄仄平平平仄仄，平平仄仄仄平平。
平平仄仄平平仄，仄仄平平仄仄平。

莫斯科紅場（俄）

聖｜地｜紅—場—今—變｜相｜，

列｜寧—陵—寢｜展｜時—裝—。

宮—牆—附｜近｜名—牌—店｜，

馬｜克｜思—前—廣｜告｜張—。

　　對以上所舉範例，皆屬正常。惟每句第一個字，用平聲字或用仄聲字，用仄聲字或用平聲字，皆不論外，但每句第三個字亦可不論；其餘當用平聲字，即用平聲字，絕不可用仄聲字，當用仄聲字，即用仄聲字，絕不可用平聲字。因此七言絕句規格中的每句第「五」個字的平仄聲，即必須遵守用平仄聲的規則。

　　（二）三連仄

　　三連仄即七言絕句中，於每一上句的第五、六、七字，不可連用三個仄聲字。例如：「仄仄平平仄仄仄」，擬作「舞｜影｜琴—聲—富｜幻｜化｜」，擬改「舞｜影｜琴—聲—多—幻｜化｜」，才合規格。所以此三連仄，為詩人所禁用。但目前較不嚴限，可用。

　　（三）三連平

　　三連平即七言絕句中，於每一下句的第五、六、七字，不可連用三個平聲字。例如：「平平仄仄平平平」，擬作「濃—裝—不｜避｜人—來—看—」，擬改「濃—裝—不｜避｜客｜來—看—」，即合規格。所以此三連平，為詩人所

必須禁用。

（四）拗救法

拗救法為近體詩的變格，即七言絕句中的第三句，於必要時，可將第五、六字的平仄聲對調而補救。例如：「仄仄平平仄平仄」，擬作「囚－禁｜八｜年－河－隔｜看｜」，此句平仄聲無誤，但「河隔看」似有點拗，擬改「囚－禁｜八｜年－隔｜河－看｜」而救之，似較順妥。所以此拗救法，為詩人所活用。

（五）孤平

孤平即凡七言仄起押韻的詩句中，除所押韻腳平聲不算外，其句中只有第四個字是平聲，其餘皆是仄聲字，即稱孤平。應在該詩句中第五個字用平聲，才算符合拗救法。例如：「仄仄仄平仄仄平」，擬作「竟｜是｜土｜樓－莫｜漫｜誇－」，此七言詩句末的「誇」字是韻腳，雖是平聲不算。其中只有第四個字「樓」字是平聲，其餘皆是仄聲字，擬改「竟｜是｜土｜樓－休－漫｜誇－」。一句中有樓、休兩個平聲字，即不算孤平了。但目前較不嚴限，凡七言詩句仄起的第二句、第四句，其第一個字是平聲，與第四個字是平聲，即不算孤平。如此放寬限制，當有利於詩的推廣。

（六）押韻

押韻即作詩用韻，凡句末所押的韻，稱為韻腳。例如：七言絕句的第一句末押韻，第二句末必須以同韻字押韻，第三句末不須押韻，第四句末亦須以同韻字押韻。此是構成詩

美的主要成分，具有音樂美，易於背誦和歌唱，琅琅上口，易於記憶。

（七）體韻

體韻是指詩的體裁和詩所押的韻腳。因作詩必先出詩的題目，在題目之下，必須寫著「七絕」。如此七絕（即七言絕句）即詩的體裁，簡稱爲體。接著必須寫出限押那一個韻腳，簡稱爲韻。此在題目之下，所限體韻的規格，作詩者必須遵循。體韻不拘，即是由作詩者自行決定體裁和韻腳。不限韻即是，由作詩者自行決定韻腳而已。

三、七絕句型調配法（43種）

（一）平起式首句押韻

（1）第一句句型

a. ——｜｜｜——葡萄美酒夜光杯。

b. ｜——｜｜——一枝紅艷露凝香。

c. ———｜｜——秦時明月漢時關。

d. ｜—｜｜｜——近寒食雨草萋萋。

（2）第二句句型

a. ｜｜——｜｜—欲飲琵琶馬上催。

b. —｜——｜｜—崔九堂前幾度聞。

c. ｜｜———｜—萬里長征人未還。

d. —｜｜—｜｜—登上地球最北端。

e. │││─││─傑佛遜前瞻昔賢。

（3）第三句句型

a. ││─────││醉臥沙場君莫笑。

b. ─││──││商女不知亡國恨。

c. ││││──│─借問漢宮誰得似。

d. ││──│─│正是江南好風景。

e. ─│──│─│妝罷低聲問夫婿。

f. ─││─│─│囚禁八年隔河看。

（4）第四句句型

a. ──││││──輕舟已過萬重山。

b. │──│││──古來征戰幾人回。

c. ───││──鷓鴣飛上越王台。

此與平起式首句押韻之第一句句型相同。

惟所寫字意有別，第四句不一定能用為第一句。

（二）仄起式首句押韻

（1）第一句句型

a. ││──││─少小離家老大回。

b. ││───│─月落烏啼霜滿天。

c. ─│──││─寒雨連江夜入吳。

d. ─│───│─金碧輝煌金殿高。

此與平起式首句押韻第二句句型相同。

（2）第二句句型

a. ——｜｜｜——平明送客楚山孤。

b. ———｜｜——鄉音無改鬢毛衰。

c. ｜——｜｜——每逢佳節倍思親。

d. ｜—｜｜｜——一行白鷺上青天。

此與平起式首句押韻之第一句與第四句句型相同，惟所寫字意有別，不要隨便套用。

（3）第三句句型

a. ——｜｜——｜無情最是台城柳。

b. ｜——｜——｜洛陽親友如相問。

c. ——｜｜——｜兒童相見不相識。

d. ———｜——｜窗含西嶺千秋雪。

e. ——｜｜｜—｜孤帆遠影碧空盡。

f. ｜—｜｜——｜玉顏不及寒鴉色。

g. ｜——｜｜—｜水牛斑馬共同體。

此與平起式首句不押韻之首句句型相同，但不一定能用為第一句。

（4）第四句句型

a. ｜｜——｜｜——片冰心在玉壺。

b. ｜｜｜——｜—笑問客從何處來。

c. ｜｜－－－｜－樹木無花增白頭。

d. －｜－－｜｜－門泊東吳萬里船。

此與仄起式首句押韻之第一句句型相同，並與平起式首句押韻之第二句相同，惟所用字意有別，不一定能用爲第一句或第二句。

（三）平起式首句不押韻

（1）第一句句型

a.－－｜｜－－｜歧王宅裡尋常見。

b.｜－｜｜－－｜洞房昨夜停紅燭。

c.－－－｜－－｜玄宗回馬楊妃死。

此與仄起式首句押韻之第三句句型相同，第二句、三句、四句均與平起式首句押韻之第二、三、四句型相同。如第四句之「落花時節又逢君」，即與平起式首句押韻之第四句「古來征戰幾人回」句型相同。

（四）仄起式首句不押韻

（1）第一句句型：

a.｜｜－－－｜｜兩個黃鸝鳴翠柳。

b.－｜－－－｜｜迴樂峰前沙似雪。

c.｜｜｜－－｜｜獨在異鄉爲異客。

此與平起式首句押韻的第三句句型相同，可靈活運用。

（2）第二句句型

此與平起式首句押韻之第一句及仄起式首句押韻之第二句句型相同。如第二句之「受降城外月如霜」，即與仄起式首句押韻之第二句「每逢佳節倍思親」句型相同。

第三句、第四句句型與仄起式首句押韻之第三句、第四句句型相同，恕不再述。

說明：

1. 爲便於初學作詩者練習，特編此句型調配法。

2. 初學作詩者；須知七言絕句只有四種基本格式，每一格式只有四句，且絕句有一、三不論的習慣法則，只要能辨別平仄，就能解決「聲」的問題，至於「韻」第一句入韻的七絕，只須三個押韻的字，第一句不入韻的七絕，只須兩個押韻的字，亦極易解決。

3. 全詩僅28字，我從此著手寫詩，初是以消遣爲主，只想寫出自己的胸懷和情操，而以延長壽命爲目的，持續對生命的熱情，沒有妄想成爲名家。

4. 七絕句型約有43種調配法，都合乎規定，只有平起式的第三句句型，第五，六兩字，有平仄聲對調的拗救法，第四句的第三字或第五字，最好有一個是平聲，稍加注意即可。

四、名家立說

（一）詩有五意
（1）曲意（訪友：清王仔園）

亂鳥棲定月三更，樓上銀燈一點明。
記得到門還不叩，花陰悄聽讀書聲。

這樣才有詩意。要含蓄才有韻味。如果一到門就敲，只進來喝茶聊天，那太直了。

（2）深意（初食筍呈座中：唐李商隱）

嫩籜香苞初出林，於陵論價重如金。（於讀烏）
皇都陸海應無數，忍剪凌雲一寸心。

詩意很深，詩要避俗，尤要避熟，剝去數層才著筆。此詩意責怪，怎麼忍心剪掉凌雲參天的竹子前身。而摧殘民族幼苗。

（3）複意（謁神仙：唐李商隱）

從來繫日乏長繩，水去雲回恨不勝。
欲就麻姑買滄海，一杯春露冷如冰。

你想向人借兩萬元，他只肯借你兩百元。

此表示希望甚大，而所得甚微。另：（近試上張籍水部：唐朱慶餘）之「畫眉深淺入時無？」，亦是複意。

（4）反意（赤壁：唐杜牧）

折戟沉沙鐵未銷，自將磨洗認前朝。
東風不與周郎便，銅雀春深鎖二喬。

翻案詩有好有壞，見解要夠，史書要讀得多。第三、第四句要連貫，才有意思。

（5）新意（遇艷遭拍：民國徐世澤）

婉約溫柔眸放電，盈盈一把更銷魂。
凡夫俗子無緣識，顯貴偷腥狗仔跟。

只要做得好的，都叫做新意。道前人所未道，爲後人所佩服，就是新意。

（二）詩有六起

（1）明起（下江陵：唐李白）

朝辭白帝彩雲間，千里江陵一日還。
兩岸猿聲啼不住，輕舟已過萬重山。

開門見山，首二句就表明詩意。

（２）暗起（詠石灰：明于謙）

千錘萬擊出深山，烈火焚燒若等閒。
碎骨粉身終不顧，只留清白在人間。

不提詩題。

（３）陪起（聞樂天左遷江州司馬：唐元稹）

殘燈無焰影幢幢，此夕聞君謫九江。
垂死病中驚坐起，暗風吹雨入寒窗。

　　第一句是蓄勢，燈影模糊下聽到被貶。第三句驚坐起，力量很大。陪前三句的情，第四句一定要以景作收。

（４）反起（宴七里香花下作：清范咸）

唐昌玉蕊無消息，后土瓊花再見難。
宦閣猶餘春桂影，婆娑長得月中看。

從反面引出本題。

（５）引起（宜蘭龜山島：民國徐世澤）

　　　　　　　　　　　　　　　　　　　　並蒂詩情

萬頃波濤往復回，北關覽勝有亭台。
東看碧綠懸孤島，直似神龜出水來。

由眼中所見景物，以引出正意。

（6）興起（北海岸望鄉：民國徐世澤）

裂岸驚濤撲面來，浪花萬朵水中開。
遙知天上一規月，應照家鄉黃海隈。

乃是由心中所感懷之事物，或觀景而生出感興，以引出
題意。

（三）七絕句十三種作法

（1）起承轉合法
起句要高遠、扣題、突兀。承句要穩健、連貫自然。轉
句要不著力，新穎巧妙。結句要不著跡，含蓄，深邃。如王
昌齡之〈閨怨〉：

閨中少婦不知愁（起），春日凝妝上翠樓（承）。
忽見陌頭楊柳色（轉），悔教夫婿覓封侯（合）。

（2）先景（先事）後議法

前兩句或三句寫景或事實，後兩句或一句寫議論。觸景生情，就事生議。如：

萬頃波濤往復回，北關覽勝有亭台。
東看碧綠懸孤島，直似神龜出水來。

後一句含意深遠，耐人思索。

（3）先議後景（後事）法

另出新意，使議論不抽象，不枯澀。如杜牧之〈烏江吟〉：

勝敗兵家事不期，包羞忍辱是男兒。
江東子弟多才俊，捲土東來未可知。

（4）作意置於前二句法

前二句題旨已說盡，後二句回頭敘述千里路程中的景色及舟行之速。如李白之〈下江陵〉：

朝辭白帝彩雲間，千里江陵一日還。
兩岸猿聲啼不住，輕舟已過萬重山。

（5）作意置於結句法

如李商隱之〈賈生〉：

並蒂詩情

宣室求賢訪逐臣，賈生才調更無倫。
可憐夜半虛前席，不問蒼生問鬼神。

結句言漢文帝不關心百姓，只關心鬼神。

（6）第二句既承又轉法
如竇鞏之〈南遊感興〉：

傷心欲問前朝事，惟見江流去不回。
日暮東風春草綠，鷓鴣飛上越王台。

首句是起，第二句既承又轉。三、四句一氣直下，以顯
出作意。

（7）末句寓情於景法
前兩句敘事或寫景，第三句寫人的心理活動與心理狀
態，其第四句卻以景作結。如元稹之〈聞樂天左遷江州司
馬〉：

殘燈無焰影幢幢，此夕聞君謫九江。
垂死病中驚坐起，暗風吹雨入寒窗。

第三句驚字是心理狀態，第四句以景結情，留給讀者去
領悟，去想像。

（8）末句轉而帶結法

如李白的〈越中覽古〉：

越王勾踐破吳歸，義士還家盡錦衣。
宮女如花滿春殿，只今惟有鷓鴣飛。

前三句一意順承而下，末句陡轉而結。

（9）倒敘突出重點法

如張繼之〈楓橋夜泊〉：

月落烏啼霜滿天，江楓漁火對愁眠。
姑蘇城外寒山寺，夜半鐘聲到客船。

結句「夜半鐘聲」照次序，是在對愁眠的第二位，最後才是「月落烏啼」。因寒山寺增加了楓橋的詩意美，使全詩的神韻得到完美的表現，具有無形的動人力量。

（10）對比法

能突出事物的本質特徵，增強鮮明性和表現力。今昔對比，常用「憶昔」、「去歲」、「別時」等開頭，第三句常用「如今」、「今日」、「而今」等。如王播之〈題木蘭院〉：

三十年前此院遊，木蘭花發院新修。

如今再到經行處，樹木無花僧白頭。

（11）承對合用法

前兩句對仗，後兩句承接，也可前兩句承接，後兩句對仗。如李益之〈夜上受降城聞笛〉：

迴樂峰前沙似雪，受降城外月如霜。
不知何處吹蘆管，一夜征人盡望鄉。

（12）並列對合法

四柱式的對仗，分別寫四個事物或一事的四面，成爲一種天然畫面。如杜甫之〈絕句〉：

兩個黃鸝鳴翠柳，一行白鷺上青天。
窗含西嶺千秋雪，門泊東吳萬里船。

（13）就題作結法
如韓偓之〈已涼〉：

碧闌干外繡簾垂，猩色屏風畫折枝。
八尺龍鬚方錦褥，已涼天氣未寒時。

此詩通首佈景，不露情思，而情愈深遠。
以結句呼應題意，是謂之就題作結。

說明：七絕共二十八字，每字都有一定的位置，都要發揮特
　　　別的作用，語近而情遠。七絕句的作法多種多樣，怎
　　　麼寫都可以。但要靈活運用，才不致遇到一題目，無
　　　從著筆。平時要多讀詩，多寫詩，多揣摩詩，靈感來
　　　時，緣思措辭，充分發揮自己的思想感情。保證寫詩
　　　的人，不會患失智症，多能延年益壽。

（本文為紀念方子舟、張鐵民、張夢機三位教授而寫。並感
謝林恭祖、鄧璧、江沛、林正三等四位詞宗悉心指導。）

參考資料：

1. 《唐詩三百首》　三民書局
2. 《詩韻集成》（附索引）　三民書局
3. 張鐵民編著　《中國詩學講義》　青峰出版社　1995
4. 林正三編著　《台灣古典詩學》　文史哲出版社　2007
5. 張夢機口述資料：徐世澤筆記　2005～2009年

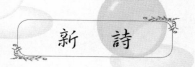

吃藥

病魔隨油脂狡滑地進入體內
在血管裡隨時都會掀波作亂
臉燥熱，腳趾隱隱酸痛
血壓不規則，大小便不順暢
均須藥物來調合，才能樂活

一旦吃藥，即不能終止
心情雖有厭惡
依然需要作好記錄
何時吃？吃哪些？如何吃？
是泌尿？痛風？或高血壓？
一定得分辨清楚

每天按時吃一次或兩次
取出藥粒，喝幾口水
順暢入喉，流入胃……

才能發生療效
千萬不要忘記吃
病魔會乘虛亂舞
最嚴重的要算腦中風

早晚都在吃藥
水滿灌一肚子
那討人厭的副作用
頭暈、腹瀉，雖未叛亂過
想確保安康
仍須不停吃藥，藥、藥、藥

中風

本是一張和顏悅色的臉
嘴角卻歪向一邊
是被「疾風」吹過而變形的嗎？
連話也說得不清楚
且又有一隻手無法舉起
這現象不能遲疑，要趕快就醫

這時，要當火災來看待
趕緊呼叫119
救護車馬上會如游龍飛來
把病人送到急診室
醫師立刻針對病情
緊急注射血栓溶解劑
或作其它有效的處理

像這種「疾風」，把人推倒的情形
幾與死神擦身而過
家人大聲喊叫，只能眨眼睛
幸運的在人生道路上

還可坐輪椅或拐杖……

119成了救命恩人

寂寞

一個模糊的影像
穿透落地玻璃窗
有冷風吹撞

臉像白雲，貧血蒼涼
額頭糾結著憂鬱的三弦
豎起耳朵，諦聽遠方

每日度著同樣顏色的歲月
折疊生命年輪裡的哀傷
面壁冥思，裁詩送夕陽

曇花

含苞待放的嬌客，昨夜來訪
驚見她的麗質剎那間
綻放出一朵流香，潔白如霜

夜裡，在燈光照耀下的陽台上
目睹她展現的生命的精華
勝過秋夜皎潔的月亮

今晨，我推窗觀望
未留下一點昨夜驚艷的痕跡
她的表現依舊平常

櫻花

早春，她在陽明山上
用力漲紅了臉
綻放嬌美微笑的花朵
成排在道路兩旁展現

春風時寒，逗她
挽著樹枝低吟
春雨料峭，害她
日夜含淚嗚咽

開了又開的紅花
花瓣凋零
如鮮血落地
與如茵的綠草爭艷

震醒

屋內一片漆黑
門窗咯咯作響
熟睡中
床像遊艇搖晃

灰暗的夜空
透過淡淡的天光
彷彿置身世界末日
只見廣場上人影幢幢

雲雨遐思

地上的水
來自天上的雨
再由海水升騰回歸天上
凝聚了烏雲
飄灑著可愛的雨滴
又要重新循環不息，落到地上

水有可愛清澈的本質
在平靜的湖面上
日月星辰喜樂常在
自己的面影搖晃
這裡就有愛如生命
風是掀起水波的情郎

一點一滴，當思來處不易
我在飲水時
總會想到天山高原和長江

詩路

學詩如嬰幼兒學步
顛顛躓躓
離名詩人的腳步越走越遠
足下履印不容跟人
只有另闢蹊徑
一步一步向前

要走自己的路
穿過叢林
渡過大海
飛越人間
走入殿堂
樹立自己的風格
就會呈現一條詩光大道

陽明山小憩

藍天綠樹，小油坑噴氣口
七星山峰頂天
飄飄雲朵出岫
林間送來
紡織娘聲的輕柔

偶來大屯公園小憩
引來涼風拂袖
花蕊飄香
粉蝶飛舞
讓我忘卻心中煩憂

駐足花鐘之前
凝視中山樓
滿山紅花櫻唇
這就是花季的美景
留住我的目光久久

他鄉是故鄉

我曾經作過一次遠遊的人
到了台灣島上
房屋格局來自日本
高大的樹洋溢著清涼
舍間北側是廢棄的馬場
當時覺得很乏味
啊！何時我能重見蘇北故鄉

我暫且放開恐怖的心情
生活不再是漂泊流浪
往日大詩家的詩篇
磨出永恒悅耳的樂章
留給我鼓舞激昂
我常安眠築夢
依然宿陽明山，還鄉

生活

歲月流逝，塵土湧上心房
日子如梭穿行順暢
鳥兒愛盆花，在窗外歌唱
藍天白雲如游魚
庭園中桂花飄出芳香

今天握在手裡的，有
燦爛的陽光
早餐燕麥豆漿，供給熱量
大街上人來車往
我要過馬路，還是很緊張

遠去的克難不再，經濟飛揚
近來的金融風暴，物價翻漲
我只安靜地過著簡約生活
散步寫詩，細數一天的消逝
夜晚在睡夢中徜徉

捷運

一條像風疾馳的彩龍
驚喜了我們的心
推送著我們跨入大腹
密密集集
擁擠著　　流動著

你從新店游到淡水
由烏來山中傳來的歌聲
四十分鐘後
美妙的奇跡在東海上播唱

漂流木

像一根漂流木
1944年泰州讀高中
為著築夢，決定不再回
蘇北黃海邊，過農村生活
就從長江北岸向東海漂流……

抗日勝利後，第二年夏天
一路漂到黃浦江邊的上海
幸運的考上國防醫學院
生活問題就此解決

1949年春，想不到
會漂流到台灣海峽東岸
而徘徊在戰爭邊緣
對未來雖有些茫然
但又充滿期待

誰知，一切都是天意
1950年6月，韓戰爆發

漂流木被有關機關撈起
發揮了建築的功效
有些還漂到美洲、澳洲……

鼻涕

你經常隨著冷風而來
我雖備有接待紙巾
為了確保容光清潔

想不到，只為了先嘗一口
熱騰騰的菜
你竟趕來鬧場
弄得我很異常尷尬

有時輕咳一聲
你也隨之而至
霸站人中兩旁
弄得我心神發慌，顏面無光

微笑

剛滿月的孫女坐在沙發上
首次對我微笑
我的眼神流露出強烈的愛
內心砰磅、砰磅跳著
享受她那自然的甜美

瞬間,她彷彿化身仙女
那如滿月的笑靨
為我暗夜裡叫醒
點燃燦爛的燈光
辛苦便化為甜甜的蜜棗

午後，榮總的荷池

午後，晴空萬里
在榮總荷池靜坐
觀賞，不見嫩葉平水
也未見嫵媚花姿，優雅引人

觀魚游，隨波浮沉
舉手拋香餌，群魚吞躍
而烏龜淡定
低頭凝視池中
中正高樓的倒影
在水中搖晃，清澈見底
風生與柳絲相映粼粼波光

望向對岸
垂柳千條，隨風飛舞
瞬間幻化如夢
不知五柳先生
桃花源裡可有此景？

再向左看
九曲橋上三三兩兩
嚮往此間景色
但情緒低落
在垂柳心中
似有淡淡離情
有人雖帶眼鏡
仍難掩飾哀傷

我借地作紙
以柳為筆，石為硯
飽蘸池水，寫盡死生無常

老太太跌倒了

有位老太太，跌倒在路邊
呻吟著，相當痛苦
「良知」想過去扶她
僅走幾步，卻又躊躇
「道義」已然伸出手
卻又猛地退縮停住

沒有他人在場
讓我連想到有被陷誣
受委屈之可能
前不久，就遇到一椿
害得我跑了好幾次派出所

警員詢問老太太病情
才打破了我的沉默
「良知」頓時怔住
「道義」低頭沉思
我才說明看到了一些經過⋯⋯

咖啡店的老板娘

在東區一家咖啡店裡
老板娘的穿著跟上巴黎
面頰溫潤豐腴
待客熱情，微笑優雅
宛如一朵迎春花

咖啡店裡裝潢典雅
充滿了文藝氣息
我在一個臨窗座位坐下
聆聽蕭邦鋼琴協奏曲
激越優揚的詩韻
引領我親近繆斯女神

老板娘蓮步輕移
以純真微笑，親切送來
一盤色香味完美的簡餐
輕聲細語「請慢用」
餐後，咖啡格外濃郁甘醇

我一面進餐，一面仰察
總覺得她就是繆斯女神的化身
值得詩人讚揚
我離席時，她含笑説：
「謝謝光臨」
就是一首絕佳的詩

人心多變世事難料

驚聞周大嫂不幸腦中風去世
2011年3月，在追思會上
周大哥將他們三十年來
夫妻共處的彩照以CD播放
現場柔腸寸斷，一字一句悼念
他對愛妻的情深追憶
使親友萬分不捨，倍感哀戚

同年十二月
周大哥居然滿懷欣喜
有了新歡
邀請眾親友參加婚禮

想到他在四個月前
還煞有其事，出版一冊
紀念愛妻專輯，白紙黑字
海誓山盟，同生共死的諾言

厚厚一巨冊，我還來不及看完

豈料，他老兄只是思念一下下
就另譜一齣愛情速食劇
演出暮年生命的摯愛
樂當薄情的老郎

2012.4.26.

張教授與我有約

新店山上有座玫瑰城
城內有棟自稱藥樓
張夢機教授曾於2004年底
在此約見我
由正三老師開車載我前往
從碧潭畔蜿蜒而上如登仙山

相見時，大師坐在輪椅上
下半身癱瘓
左手下垂，無力扭轉
右手只能歪歪斜斜寫字
約定每月第二個星期二
為我授課

教授講學用口述
因他聲音很低
我必須專心聆聽作筆記
他教我七言絕句十三法
並為我《健遊詠懷》賜序

2010年8月
夢機教授忽然仙逝
我便將其所授講稿尊稱為
「名家立說」，併入
〈我習作古典詩的筆記〉

2011年9月
台師大陳滿銘教授得悉
約見我於萬卷樓
讚揚「名家立說」足以傳世
特在《國文天地》披露亮相

我很幸運，有此際遇
夢機教授在藥樓的約見
宛如圮下老人贈書
讓我暮年有機會推展詩教
綻放樂活時光

熱心詩教的陳老爹

陳老爹，四年前患了心臟病
全身動彈不得，氣喘吁吁
感覺他的人生列車
已開進終站

神智清醒的他
感悟到人活在世上
應多做些有益於社會的事
以寫詩來延長個人的壽命

他經常參加詩會
拿出新作讓同好分享
聊得開心，增進雅趣
並給年輕詩人機會和掌聲
慷慨資助他們著書問世

他生病後，就決定身後事
不發訃聞，不舉行公祭
不勞動親鄰老友

體貼家人，免於身心折磨

他一直在推展詩教
利用晚年的光和熱
幫助詩友，獎勵年輕詩人
不料2012年3月25日
自己就含笑駕鶴歸去

握著助行器過街

在天母東西路與中山北路的
十字路口
驚見一位手握助行器
彳亍過街的長者
身穿吸睛的紅衣
以浮凸的眼神向前遲緩移動

路旁有對六十多歲的夫婦
為之而感嘆說：
怎麼沒有家人陪伴？
見他滿臉無奈，欲停又走
恰好有位少女以「老吾老」
帶他走到對面的廣場

於是他坐在石板上
沐浴冬日的太陽
手依然握著助行器
兩眼迷茫，盯著遠方

就這樣度過了片刻
他再由十字路回到
日本學校的街角
躑躅又徬徨

我很好奇的問他：
家住何處？他手指著前方
低頭握著助行器，向前移動
我隨後發覺他是位
獨居老人
彷彿有不便明言的苦衷……

宋主任不來了

半年前，住在中和四層樓的
宋主任
不願孤寂的待在家裡
一天總要上下樓梯好幾回
或經常搭公車來天母訪友

他很有禮貌，每回都帶些點心
到我家和我寒暄分享
話題總是40年前，他住天母時
曾靠著兩腿穿梭大街小巷
樂此不疲

有時，他和我坐在大樹下
聽鳥雀吱吱喳喳
好似享受兒女環繞又逗笑
有一次，他揮汗如雨來看我
我勸他，年老了要防止跌倒
乘計程車比較安全可靠
他覺得這樣很麻煩

並蒂詩情

不如省幾個錢給孫輩也好

近幾個月，他突然尿失禁
眼睜睜看著濕答答的地上
精神恍若發呆，說不出話來
身體也不聽使喚
怎麼也無力移動雙腳

現在，他深居簡出
食不知味，體重逐漸下滑
右肩骨總覺有蛀蟲在咬
晚上常痛得無法入眠
使得佝僂的腰好似折斷
整天坐在輪椅上，一臉茫然

以前喜歡訪友的宋主任
從不喊累的興致已經不見
現在他爬樓梯
踩一階得停半天
再也沒力氣來天母了

登山遇驟雨

烏雲在空中飄散
山色空濛猶如煙霧
大地漸暗，雨珠飄灑
剎那間，乍聞快又急
雨點敲打車窗
閃電追趕雨點
像水盆打翻霹靂啪啦響

端坐車上，隔窗聽雨
如聽快板敲打樂
我即興朗誦起詩句：
「聲聲點滴鬧窗前
聽雨誠如聽詩樂」

鄰座誇讚我
朗吟詩句的曲調
彷如珠玉悅耳鏗鏘
過獎讚美，令我好不自在
眼瞼神色一閃

憂鬱地望著天空
但求趕快浮出陽光

就此，雨止陰霾散
身心舒爽
看到春雨灑出翠綠
淨洗萬物浮塵
滿山遍野潑墨蔥蘢
許多美景倏忽出現
一幅「春山含笑」圖

蟑螂

地球上活得最久的
蟑螂，牠們喜歡油脂
擅長輕輕咬吸食物
滋生於微溫的地方
菜餚放在餐桌上
遠遠就能聞到肉味的馨香
很快就爬來品嘗

當人們一揮手
牠們天生敏感
瞬即轉向逃逸
其速度勝過機車
但也難逃人類的殘暴
常聽「拍」的一聲
牠們就應聲陣亡

牠們一接觸到水
翅膀濕了，就爬得很慢
體弱的就仰臥著休息

水多時，就游不到盆邊
於是變成了一群浮屍

倘若一杯水中有油漬
他們會成群的爬入
噁心的是，幾夜下來
滿杯都牠們的排洩物
氣味如腐肉，奇臭難聞

2012.2.13

戰爭

國共內戰年代
軍人上前線並不害怕
只要一聲令下，衝鋒！
就會喊殺，殺、殺、殺⋯⋯

其結果
只有面對一種現象──
遍地都是四肢殘缺的人體
這就是殘酷的戰爭

難忘的冬夜

從那個難忘的冬夜之後
一直對邪惡的戰爭有著恐懼
當神聖的對日抗戰過後
內亂又極度猖獗
淪陷區的日子真不好過
彷彿生活已到了絕望

有天，我們尚未進晚餐
鄉親們紛相走告
匪船已上岸進莊
我跟著父母親躲在
一個狹窄的火巷內
肚子轆轆響
我渾身顫抖，把棉襖當作被
暗自流淚把它都浸透

翌晨，街上才有人走動
說王德興的小孫子被綁架
勒贖國幣壹仟元

原來王老爺和家人已逃避
孫子想吃飽飯
但已逃不出家門
一週內才籌足贖款
孫子就安全回家

此後，我就留心自己穿著
不敢奢華引人注目
也不敢向陌生人透露
有關自己個資和細節
絕不像一個有錢的子弟

我來台灣已64年
唯一享受就是夜夜安枕
使我贊成兩岸和平發展
不能再有戰爭
想起那一個漫長的冬夜
我，我幾乎被凍死
使我再也無法忘懷

西瓜單品

你的祖先在非洲
由西洋輾轉移植
直到宋朝才落腳中原

你，外型圓而光潤
蔥翠青綠
紅瓤香甜複多汁
有利消暑與胃腸蠕動

你，是台灣夏季盛品
全年均有
你雖是出身畦畔
但具國際認證，優良食品

你，滋滋冰鎮美味勝過檸檬
如番茄含有茄紅素
非僅待客，更可替代紅酒
有益眾生

你，還可奉獻皮白肉
冰後涼拌，更清脆可口
全民餐桌上，可家家都有

並蒂詩情

同班同學會

64年前，一齊進入大學
李學長，寄來一封通知
約在101義式餐廳聚會
我收到之後
腦中不斷開啓珍藏
興奮得一夜未眠

2012年5月17日
我特別穿著比較年輕的服裝
乘電梯到85層
所見同學都白髮蒼蒼
只覺很面熟，卻叫不出名字
幸好每人胸前都掛著名牌
一一掘手言歡

站在門口招呼的李學長
是位鼎鼎大名的醫師
他帶著微笑歡迎我
還關心我的心臟

他説，七載同窗如弟兄
雖然都是離鄉背井
如今能在此見面
不失為一大樂事

其中，有位張學長説：
白天他到處遊蕩，找飯吃
想睡就睡在空中樓閣
今年他已進失落年代
真想走入另一世界，去聽聽
地球急速暖化的聲音⋯⋯

北海岸設宴

老田過了八十
身體狀況大不如前
他希望在北海岸聽濤觀浪
捲起千堆雪，乘勢傳來
西北黃海的鄉情……

於是面對晴空萬里
而陽光溫柔地灑在海面上
好讓閃閃發光的浪花
千朵、萬朵向岸邊綻放……

雖然，他的體態已不復
當年英挺
面貌更多了歲月的刮痕
怕別人不認得步履蹣跚的他
卻想出了懷鄉的奇特方法
逗得大家在北海岸湖南館
一番哄堂大笑

有位移居紐西蘭的朱同鄉
表示要回台灣參加同樂
想不到，他前幾天越洋電告
也因年過八十，多病
不宜長途乘飛機返台

2012年5月13日中午
先後從美國、高雄等地
來了九位同鄉、六位寶眷
都伸出了佈滿皺紋的手
相握言歡，觀賞千堆海浪
遙望西北黃海邊的鹽城
誇讚老田設想週到
期盼明年母親節
大家再歡聚一堂

候診的感受

脈搏不規則跳動
長期困擾我
特別掛了心臟內科門診
在候診室耐心等候，
希望護士儘快叫我的名字

坐在我右側的一位女士
臉浮腫帶有灰色
臨走時留下沉重的腳步聲
猜想她還有腎臟等的毛病

坐了兩小時，輪到我
醫師用聽診器
探測我心的搏動
給我開了一劑藥
心情還是開朗不起來

四週後，我再前往覆診
途中遇到一位性急的老人

我鼓勵勇氣問他
始知他也要看心臟內科
我邀他和我一起走
兩人併坐後閒聊了起來⋯⋯

這次進了診間
我的心情好似鳥兒拍動翅膀
醫師看著我閃亮的眼神
雖依舊開著同樣的藥
卻勝過任何有聲的問安

臨終前的預兆

常聽有人說，重症病人
在臨終前，為了要向
親友們交待後事
有迴光返照，突然清醒
讓在場的人驚訝不已！

我曾在20年前
目睹好友孫君斷氣前
在病床上掙扎
只輕輕撫摸著他的手
便舒嘆了一口氣

接著，面容優雅
雙頰如雨後天邊的彩霞
唇角掀起一朵微笑
安詳的看著我……

過了片刻，我一抬頭
發現他兩眼角膜

同時有了一絲淚光
如其所願
他要回到天家

並蒂詩情

慢活慢吃

五年前，我曾跌斷右股骨
如今，我深切記得醫囑；
早晨起床，先要坐在床沿
一分鐘後才站起，停30秒
再慢慢向前移，步調悠閒
更要慢慢的走

上午七時前
在廚房弄好早餐
兩老慢慢細嚼緩嚥
在清理餐具時
播放70年代的歌曲或京劇
累了，就上床補睡會兒
覺得非常開心愉快

中午吃完午餐，外出走動
做一些事
如寄信、取款或購物……
過馬路時，特別提高警覺

看清對街燈號綠色數字
一步一秒，怕走快了會跌倒

有時也會走進市場
品味舊時的日常食品
留住時光流逝的痕跡
重新體會慢活的悠然

下午三時左右
再上床補睡兩小時
醒後，又要準備煮飯、洗菜
七時許進晚餐
家人團聚，說說笑笑
直到十時，才能清理好餐具

今年我八十四
才知「慢活慢吃」的真諦
有人說，老是三等公民
「等吃、等睡、等死」
這種肺腑之言
值得老人參考

釣島風雲

日本又再縱容鷹派復出
藉以展現軍國主義的本質
企圖將我們的釣魚台國有化
挑逗領土紛爭

一個戰敗國家
應對占領釣魚台反省
尤其震災海嘯之後
多少人工作沒了，房子毀了
無家可歸

關西地區的產業物流
有待中國擴大經濟內需
若因釣島被中國制裁
民生物資就得從此缺乏

由於兩國專屬經濟區域重疊
理應儘速進行漁業協商
近月來，五角玫瑰和櫻花

聯合軍演
牡丹東海艦隊也加強巡弋
釣島四週浪花之下掀起黑金
將有一齣變色的風起雲湧

天倫之樂

窗明几淨的客廳
兩個身影在互動
他們的眼睛對視
雙唇不斷綻放如花朵

父親對兒子說：
你是否記得兒時
我對你的照護
兒子瞬即答道：
老爸，我一時想不起來了

父親又說：
這時啊
想到我的生命在你身上
青春洋溢
當我抱你的那時刻，是
人生最快樂的呀

兒子說：

您對我的希望如此大！

父親笑了

你能考取公職

振翅飛翔，我真高興

高官涉貪

貪官蓄意刮民膏，玩法弄權仗位高。
上級清廉難庇護，一朝案發入深牢。

富二代消費

夜店逢模難禁姦，寒暄數語醉中顏。
男賓若是豪門子，三十萬元一夕間。

明星代言生髮

螢幕端然性率真，強將贗貨說奇珍。
兩年未見新生髮，可怪貪財粉墨人。

智慧手機

欲覓親朋無定蹤，衛星視訊若相逢。
五洲對話如鄰桌，握入掌中意更濃。

選場感賦

傳媒音噪捧人場，口水狂飛誇己強。
選票紛爭頻造勢，賢能傑士諷囂張。

轉帳風波

豪取現金充宦囊，庫房爆滿款難藏。
歐洲轉帳風波起，演變全家都受贓。

士林官邸正館

士林官邸倚山邊，正館二樓狹路前。
雅靜清幽施戰略，中華民國賴綿延。
士林官邸園區
全區綠色欲浮天，蘭蕙玫瑰十畝田。
萬紫千紅花馥郁，園中履印憶先賢。

後慈湖

慈湖兩處分前後，曲徑足堪半日遊；
乍見湖光山色美，驚登仙境更清幽。

其二

碧波蕩漾更幽美，遙想當年有釣舟；
原始森林添雅趣，人生難得此優遊。

頌御醫姜必寧獎

其一

傑出青年論文獎，石中琢玉覓奇才。
榮登醫學聖壇樂，心臟權威此會栽。

其二

栽培後輩建嘉猷，創意奇才跨海求。
他日諸君成巨擘，杏林聲望冠全球。

新月

碧空千里淨無塵，兔魄初升月色新。
半掛彎眉光皎潔，宛如鉤影誘魚唇。

晨景

家住高樓盆景陳，臨窗小鳥代司晨。
貓咪趕至通情意，輕喚老夫忙起身。

註：小鳥愛盆花而來，貓咪需要餵朝食。

暮年晚餐

暮年枯等夕陽殘，歡樂氣氛惟晚餐。
老伴精心調美味，親聆子女報平安。

金婚謝賢妻

下嫁恩情似海洋，含辛摯愛愛深長。
金婚歡樂言佳偶，喜少公婆作大娘。

重陽節

節居重陽爭敬老，地方首長禮金來。
設筵餐館邀詩友，高論酣吟忘避災。

陽明山居

幽雅山居近海天，庭園景色繞窗前。
身心舒暢吟詩樂，宛若陶潛享自然。

思鄉

久住台灣六四年，故鄉仍舊在心田。
莊名徐秤多文雅，不得榮歸誰使然。

返鄉遇校友

時當戰亂各西東，六十年來信未通。
千里相逢今一見，歡情盡在不言中。

九日遣興

節居重陽呼敬老，心情愉悅在台灣。
登山品茗吟新作，巧遇鄰翁展笑顏。

品茶

文山坡畔綻新花，碧綠呈輝襯彩霞。
釀曬香芽焙美味，芬芳清淡品名茶

春遊

桃花吐艷柳枝鮮，綠野晴空競紙鳶。
徐步公園芳草地，風梳鶴髮樂陶然。

賞櫻

新春山上胭脂色，染出斜陽一抹紅。
親閱自然生態法，櫻花處處迓東風。

其二

春來山上白雲天，似錦櫻花益復妍。
映日繁枝增嫵媚，元宵驚豔勝從前。

啖荔

蜜汁能將齒頰涼，紅皮藍鑽桂花香。
炎炎食品曾受寵，唐代楊妃樂品嘗。

寄生草

林間小徑青青草　古樹經霜老態嬌
欣見枝頭下垂動　似橋畔柳舞纖腰

名犬

守夜看門勝衛兵，上街跟緊主人行。
豪門一入增身價，哪管遊民罵畜生。

詠懷

若夢浮生八四春，安家有賴退休薪。
旁觀宦海多風險，勤儉寡言作庶人。

口語入詩

現行格律要堅持，口語無妨寫入詩。
便利吟哦多韻味，時人自會感新奇。

讀李德身教授「遊歐詩」有感

都城建設似琉璃，景物山川任意窺。
遊覽西歐吟興發，德身到處有新詩。

其二

詩人清淨似瑤璣，造境猶如月滿輝。
聲韻鏗鏘震寰宇，德身樂得倦遊歸。

閒居書感

閒居常憶少年時，獨坐西窗有所思。
日暮斜暉催老朽，衰遲自幸喜裁詩。

懷詩聖杜甫

杜陵戰亂一貧翁，絕妙鴻裁句益工。
善律連篇稱獨步，長奔入蜀見群雄。
騷人氣節匡時策，文士聲華警世鐘。
萬古宏才垂教化，永懷詩聖蔚成風。

恭祝羅光瑞公九十嵩壽

身健眸明九秩翁，恢弘氣度有儒風。
杏林碩彥齊稱壽，醫界菁英同慶功。
防治肝炎叨壯志，經營論著顯神通。
北榮掌理創佳績，建立良規世所崇。

其二

清操亮節志堅強，齒德咸尊道德昌。
防治肝炎功赫赫，北榮院長績堂堂。
傾囊相授賢聲著，虧損轉盈美譽揚。
九秩杏林桃李盛，名留青史口成章。

祝王燕茹詩家早日康復

遠赴成都喜宴臨，驚聞失足動筋深。
遙祈不藥還元氣，速愈輕傷百日禁。
妙手春回期捷報，吉人天相候佳音。
猶希復健留餘勇，戮力撰詩盡道心。

上善若水

德惟善政展宏圖，學貫天人樹楷模。
生死不爭名義利，光榮可淡別賢愚。
江河素抱容傾注，荊棘叢生待剪誅。
民意洪流成巨浸，存心教化一鴻儒。

勞工保險論見

勞工辛苦基金足，退職還鄉靠俸錢。
委會投資須慎重，人頭炒股不容偏。
官方創意賢才出，立法成規道統傳。
保險誠心歸至善，合情合理感蒼天。

乾坤詩刊十五週年感賦

舊體新詩並蒂開，欣逢十五足年來。
扢揚風雅方言配，鍛鍊篇章意象陪。
騷客五洲迎老調，群英四海誦新裁。
翻看每讀匡時句，樂見乾坤多俊才。

邱燮友簡介

花蓮六十石（ㄉㄢˋ）金針山

筆名童山，福建省龍巖縣人，生於1931年12月14日。一歲隨父母來台，定居花蓮港，七歲時正值1937年七七抗戰，舉家遷回龍巖，在家鄉完成小學、初中、高中的基礎教育。1949年再度來臺，次年進入臺灣省立師範學院（師大前身）國文系，1954年畢業，並參加預官訓練，以及在中學任教兩年，然後再考進國立臺灣師範大學國文研究所進修，1959年畢業，並留校任講師、副教授、教授。在教育界任教已逾半世紀，曾任臺師大夜間部副主任、僑生輔導主任委員、國文系所主任、所長；並出任玄奘大學主任秘書、宗教所所長；元智大學中語系主任、香港珠海學院客座教授。

退休後，仍任教於文化大學中研所、東吳大學中文系所，為兼任教授。擅長中國文學史、樂府詩、中國詩學，並從事古典詩、現代詩創作。主編《中國語文》、《國文天地‧萬卷樓詩頁》，並與臺師大、文大研究生合編《臺灣人文采風錄》，與周策縱、王潤華、徐世澤等六人出版古

典詩和新詩集，名爲《花開並蒂》。此後又陸續出版《並蒂詩花》、《並蒂詩風》。著有《童山詩集》、《天山明月集》、《童山人文山水詩集》、《品詩吟詩》、《童山詩論卷》、《白居易》、《中國歷代故事詩》、《中國文學史初稿》、《二十世紀中國新文學史》、《新譯古文觀止》、《新譯唐詩三百首》、《新譯千家詩》、《新譯四書讀本》、《新譯世說新語》、《散文結構》、《美讀與朗誦》、《唐詩朗誦》、《唐宋詞吟唱》等著述。

　　曾參與編撰復興書局《成語典》、文化大學《中文大辭典》、三民書局《學典》和《大辭典》等；並參與編撰《國學導讀》五大冊，其中〈中國文學史〉、〈樂府詩〉兩篇導讀爲筆者所撰。以及早年參與教育部、國立編譯館所編撰的高中國文標準本教科書，南一書局高中國文教科書，三民書局高職國文教科書。

　　2005年，獲得中國詩歌藝術學會贈予詩歌藝術貢獻獎。歷年教學與著述不曾間歇，並將教學和著述視爲終身志業。

美國德州奧斯汀自來水出口處

弘揚中華文化的十二首唐詩

邱燮友

一、緒論

唐代（618～906）是詩歌的黃金時代，在當時便融合了儒、道、佛三教合一的新中華文化。清康熙四十六年（1707）曾令曹寅編纂《全唐詩》，共錄唐人詩歌四萬八千九百餘首，作家二千二百餘家，是唐代詩人詩歌的精華，至今仍風行各地，千年未曾間歇。

記得筆者在大學時代（1950～1954），曾聽錢穆教授在師大禮堂演講，談論中華文化的精神和特色，對「中華文化」有一定的範疇，他認為「文化即生活」，而「中華文化」便是中國人的生活方式，其後他出版的《文化學大義》、《歷史與文化論叢》，對文化有明確的界說：「我認為文化只是人生，只是人類的生活。」又說：「文化既是指的人類群體生活之綜合的全體。」[1]其次，《易經·賁卦》：「觀乎天文，以察時變；觀乎人文，以化成天下。」[2]用人文教化天下，也是文化的範疇。因此，「中華文化」便是中國人的群體生活方式，包含了日常的衣、食、住、行，以及風俗節慶等生活，這是對中華文化的具體詮釋。而傳說

並蒂詩情

的中華文化，又有因時代的變遷，融入新的思潮和思維，產生新的中華文化。

我熱愛詩歌，想從唐詩中，找出十幾首涵蓋中華文化的精華，甚至影響到我們的思維和生活，並值得加以弘揚，因此寫下這篇〈弘揚中華文化的十二首唐詩〉。

二、本論

唐詩平易能懂，經千年之久，至今仍傳誦於大眾之口，老少咸宜，隨時可以朗朗上口。無形中，唐詩可以與「中華美食」齊名，代表了中華文化的特色。今將十二首唐詩，所包含中華文化的精神，列述於後：

（一）思念故鄉

李白的〈靜夜思〉：「窗前明月光，疑是地上霜，舉頭望明月，低頭思故鄉。」[3]望月思人，望月思鄉，已成中國人的生活習俗之一，也成為了弘揚中華文化的一部分。又如賀知章的〈回鄉偶書〉：「少小離家老大回，鄉音無改鬢毛衰，兒童相見不相識，笑問客從何處來。」[4]並引此詩作旁證，儘管中國人留落他鄉，都有「落葉歸根」的想法。而故鄉的界定，是指每個人的出生地，但亂世流浪的人，他的故鄉在何處？或指每個人父母埋骨的地方，便是故鄉。

（二）對父母的懷念，也是孝道的表現

孟郊的〈遊子吟〉：「慈母手中線，遊子身上衣。臨行密密縫，意恐遲遲歸。誰言寸草心，報得三寸暉。」[5]這是

一首對母親懷念，末兩句是母愛的讚頌，用子女的寸草心，報答不了博大母愛如三春暉。如同《詩經‧小雅》：「蓼蓼者莪，匪莪伊蒿；哀哀父母，生我劬勞。」[6]子女報答父母養育之恩，便是孝順。所謂善事父母曰孝，古今沒有改變，因此孝道，也是中華文化的特色。

（三）衛國保民，忠於國家，忠於人民

王昌齡的〈出塞〉：「秦時明月漢時關，萬里長征人未還；但使龍城飛將在，不教胡馬渡陰山。」[7]古代忠君衛國，是國民的天職。所謂「盡己曰忠」，古代君臣有義，是五倫之一，而新中華文化的精神，每個國民要忠於國家，忠於人民，忠也是中華文化的要義之一。

（四）夫婦之道，相敬如賓，永愛不渝

李商隱的〈夜雨寄北〉：「君問歸期未有期，巴山夜雨漲秋池。何當共剪西窗燭，卻話巴山夜雨時。」[8]這是一首寄內的詩，表示夫婦客地思念的主題；同樣地，杜甫也有一首寄內的詩，〈月夜〉：「今夜鄜州夜，閨中只獨看。遙憐小兒女，未解憶長安。香霧雲鬟濕，清輝玉臂寒。何時倚虛幌，雙照淚痕乾。」[9]杜甫在長安遇安祿山之亂時，思念在陝西鄜縣妻子和子女的詩。夫婦為人倫之首，傳統的夫婦之道，是夫主外、婦主內，夫婦有別，新傳統的文化精神，是夫婦相敬如賓，永愛不渝。因此夫婦之道，也是中華文化的精華所在。

（五）兄弟之道，兄友弟恭

白居易的〈自河南經亂，關內阻饑；兄弟離散，各在一處。因望月有感，聊書所懷，寄上浮梁大兄，於潛七兄，烏江十五兄，兼示符離及下邽弟妹〉：「時難年饑世業空，弟兄羈旅各西東。田園寥落干戈後，骨肉流離道路中。弔影分為千里雁，辭根散作九秋蓬。共看明月應垂淚，一夜鄉心五處同。」[10]這是白居易被貶為江州司馬，在元和十年（815），因望月懷念諸兄和弟妹的詩。兄弟有序，是五倫之一，也是中華文化的精神所在，兄友弟恭，是孝悌的表現。

（六）朋友信實，誠信相待

王勃的〈送杜少府之任蜀州〉：「城闕輔三秦，風煙望五津。與君離別意，同是宦遊人。海內存知己，天涯若比鄰。無為在歧路，兒女共沾巾。」[11]人倫之道，朋友有信，如同《論語・顏淵》所說：「四海之內，皆兄弟也。」朋友之間，以誠信相待，「海內存知己，天涯若比鄰」，這也是中華文化的特色。甚至朋友如親兄弟，以信實相待，不曾有疑，俗語說：「在家靠父母，出外靠朋友。」對朋友誠信，也是對自己誠實，是一種人倫美德。

（七）重農惜物

李紳的〈憫農詩〉：「鋤禾日當午，汗滴禾下土。始知盤中飧，粒粒皆辛苦。」我國以農立國，對農夫的尊重與關懷，是中華文化的特色之一。而李紳的〈憫農詩〉還有

一首:「春耕一粒粟,秋收萬顆子。四海無閒田,農夫猶餓死。」[12]照理農夫耕田,一本萬利,應當家家富庶,但末聯反而說四海無廢耕的田地,何以農夫「猶餓死」。歷代在位者都是提倡重農政策,而所引第一首末聯,教導人要惜物,珍惜資源,不可浪費,這種重農惜物的精神,也是中華文化值得弘揚的部分。

(八) 慎終追遠

杜牧的〈清明〉:「清明時節雨紛紛,路上行人欲斷魂。借問酒家何處有?牧童遙指杏花村。」[13]清明節是民俗節慶之一,家家上墳掃墓,發揚慎終追遠的精神。如同《論語・學而》:「曾子曰:慎終追遠,民德歸厚矣。」中國人的民俗,節慶日都屬中華文化的所在,如中秋舉家團聚,九九重陽敬老,都具有弘揚中華文化的意義。

(九) 無牽無掛,游仙追逐心靈的解脫

李白的〈月下獨酌〉:「花間一壺酒,獨酌無相親。舉杯邀明月,對影成三人。月既不解飲,影徒隨我身。暫伴月將影,行樂須及春。我歌月徘徊,我舞影零亂。醒時同交歡,醉後各分散。永結無情遊,相期邀雲漢。」[14]唐代是儒、道、佛三教合一的時代,於是中華文化融會了佛道思想,形成了新文化的成分。道家的游仙思想,是追求無牽無掛、長生不老的精神,在唐詩中游仙詩不少,今以李白的〈月下獨酌〉為代表,詩末結語,是願和月亮結為忘情的好朋友,永遠相會在天空不再分離。游仙是追求心靈的解脫,

可以長生不老，無牽無掛，是道家的逍遙思想，也融入中華文化的內涵，而加以發揚光大。

（十）佛教的禪悟境界，含有智慧靜慮的美德

王維的〈終南別業〉：「中歲頗好道，晚家南山陲。興來每獨往，勝事空自知。行到水窮處，坐看雲起時。偶然值林叟，談笑無還期。」[15]蘇軾曾言王維的輞川莊二十首，字字入禪，句句入禪，其實〈終南別業〉後四句，便含有兩項禪悟之境。佛教的禪悟，是指智慧靜慮之意，例如「行到水窮處，坐看雲起時」，是絕處逢生，終站不是終站，而是另一個起站，猶如《莊子‧齊物論》所謂的「方死、方生；方生、方死」的含義；其次，「偶然值林叟，談笑無還期」，是指下山時偶然遇到樵夫，跟他閒話，忘了回家的無牽無掛心境，了悟自然無礙的禪境。佛家的禪能於寧靜中，產生無限的智慧，也融入了新中華文化之中，合而為一。

（十一）民胞物與的博愛胸襟

杜甫的〈茅屋為秋風所破歌〉：「八月秋高風怒號，卷我屋上三重茅……。安得廣廈千萬間，大庇天下寒士俱歡顏，風雨不動安如山。嗚呼！何時眼前突兀見此屋，吾廬獨破受凍死亦足。」[16]天下無屋可居的無殼蝸牛族，古今不乏有多少寒士？杜甫在此詩中表示關懷，具有悲天憫人、民胞物與的博愛胸襟，此亦為中華文化的精華，發揮人饑、己饑；人溺、己溺的精神。

（十二）天人合一具有環保的新觀念

李白的〈敬亭山獨坐〉：「眾鳥高飛盡，孤雲獨去閑，相看兩不厭，只有敬亭山。」[17]李白獨坐敬亭山前，久而久之，李白是敬亭山，敬亭山也是李白，物我相忘、天人合一的思想。猶如《孟子·公孫丑下》天時、地利、人和。人在天地之間，化而爲一，好比劉禹錫的〈竹枝辭〉：「山上層層桃李花，雲間煙火是人家。銀釧金釵來負水，長刀短笠去燒畬。」[18]人居山中，春來桃李花開，有煙火處是人家，女人負水、男人開墾，是一幅人間的樂土，美麗的畫境。

三、結論

中華文化，精深博大，其涵蓋了中國人群體生活的綜合全體。今舉十二首最常傳誦的唐詩，每一首都涵詠了中華文化的特有精神，從思念故鄉，到忠、孝、夫婦、兄弟、朋友的人倫之道，由傳統的中華文化，擴大到儒、道、佛三教悲天憫人的仁愛精神，無牽無掛的游仙思想，智慧靜慮的禪悟心靈，以及重農惜物、慎終追遠、天人合一的環保綠化觀念，都融會其中，成爲新中華文化的特色。

這些博大精深的中華文化，可由今日流傳的、通俗的唐詩，加以諷誦流傳，深入人心，成爲人人日常生活中的一部分；無形中從諷誦唐詩，進入中華文化的領域，通用於日常生

活中，加以環保的觀念，形成新的中華文化，弘揚於世界。

——2011年10月15日參與第六屆章法學學術研討會

論文於臺北市立教育大學

注釋

1　見近人錢穆《文化學大義》，第二章「文化學是什麼一種學問」，頁4。（臺北：蘭臺出版社，2001年5月）

2　見《十三經注疏　周易》，卷三「賁卦」，頁62。（臺北：藝文印書館，1955年4月）

3　見（唐）李白著，今人瞿蛻園、朱金城校注《李白集校注》，卷六，頁443。（臺北：里仁書局，1981年3月）

4　見（清）曹寅《全唐詩》，卷一百十二，賀知章，頁1147。（北京：中華書局）

5　見（清）曹寅《全唐詩》，卷三百七十二，孟郊，頁4179。（北京：中華書局）

6　見今人周嘯天主編《詩經鑑賞集成》，〈小雅　蓼莪〉，頁770。（臺南：五南圖書出版公司，1993年）

7　見（清）曹寅《全唐詩》，卷一百四十三，王昌齡，頁1444。（北京：中華書局）

8　見（清）曹寅《全唐詩》，卷五百三十九，李商隱，頁6151。（北京：中華書局）

9　見（唐）杜甫著、（清）仇兆鰲注《杜詩詳注》，卷四，頁309。（臺北：里仁書局，1980年7月）

10　見（清）曹寅《全唐詩》，卷四百三十六，白居易，頁4839。（北京：中華書局）

11　見（清）曹寅《全唐詩》，卷五十六，王勃，頁676。（北京：中華書局）

12 見（清）曹寅《全唐詩》，卷四百八十三，李紳，〈憫農詩〉亦作〈古風〉，頁5494。（北京：中華書局）

13 見《千家詩》七言絕句中，在《全唐詩》收錄杜牧詩五百二十首，不見〈清明〉詩，然劉克莊編《千家詩》收錄有杜牧的〈清明〉。今三民書局《新譯千家詩》由筆者和劉正浩註譯，收錄此詩，頁237。（臺北：三民書局）

14 見（唐）李白著，今人瞿蛻園、朱金城校注《李白集校注》，卷二十三，頁1331。（臺北：里仁書局，1981年3月）

15 見（清）曹寅《全唐詩》，卷一百二十六，王維，頁1276。（北京：中華書局）

16 見（唐）杜甫著、（清）仇兆鰲注《杜詩詳注》，卷十，頁831。（臺北：里仁書局，1980年7月）

17 見（唐）李白著，今人瞿蛻園、朱金城校注《李白集校注》，卷二十三，頁1354。（臺北：里仁書局，1981年3月）

18 見（清）曹寅《全唐詩》，卷三百六十五，劉禹錫，頁4112。（北京：中華書局）

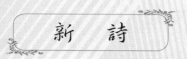

迎春天

春天每年從我家門庭走過，
她一身梅花色的白衣，
一襲暗香驚動街坊；
然後東風鼓起櫻花紅豔的羅裙，
裙襬款款像六朝的裙花，
旋動四周杜鵑花式的模樣，
散溢四方，使每人知道是春的芳蹤，
走過你的門前，帶來活力和希望。

我有時好奇問一問蒼天，
在細雨的雲天或白雲流過的晴天，
我還有幾個像今年絢麗的春，
蒼天微笑沒有回答我，
讓一絲絲白雲畫下羽毛般的圖案，
你自己去猜美得像杜鵑散發的力量。
不論如何，好好愛你的親人好友，
共同鑑賞像過客的春光，
跟東風踩在花葉上一起去流浪。

——2012.2.14

五月桐花雪

五月初夏深山中，
桐花開滿白山頭。
驚動山外人尋芳來賞雪。
桐花潔白像少女的肌膚，
花心粉紅如臉頰泛紅。
在風中飛旋飄落，
像唐代飛旋的胡旋女，
一襲白色裙裾，譜成圓圓的夢曲。

偶然在街頭迎面而來的少女，
在初夏夢幻的陽光下，
青春的歲月，雪白的肌膚初露，
像油桐花潔白的裙裾，
微紅的臉頰泛起桃紅。
好似回到盛唐的長安街頭，
一朵朵油桐花飛旋在眼前。

花蓮

青色山脈一座座相連，
白雲飄浮頂上是藍天。
綠色大地依傍著房舍，
藍色、白色、綠色自然調配，
黃金比例的排列是花蓮。

藍天下，太平洋無限延展，
偶爾漁船突破寧靜的海面。
金色的沙灘與大地相連，
藍天、大海、沙灘、綠色的大地，
又是黃金切割的花蓮。

從米崙到吉安構成海岸都市，
在陽光下，花蓮像一塊碧玉，
人們往來天真無瑕，有親和力，
落日時分，海上堆起璀璨的晚霞，
忘了人間還有一片祥和的人家。

台北街頭所見七首

一、車站小雨

昨夜，一夜下小雨，

清早，水潭留在路上。

在北平西路口，台北火車東站，

許多旅客從計程車下來，

撐起一把把雨傘，

像圓形的蕈菇排列成陣，

小雨不停地打在水潭，

一圈圈不停畫圓圈住風雨，

一圈圈不停往外擴散，

跟行人圓形的傘對比，

構成都市街景美麗的圖案。

二、清晨路倒的人

清晨，第一線陽光還沒出現，

台北車站往來旅客雖多，

匆匆的步履盡是覓食的聲音，

並沒將台北驚醒。

並蒂詩情

車站四周到處是路倒的人，
因失業、年老，守候在車站走道上，
他們還沒醒來，就是醒來，
仍彎曲著身軀，守住他們最後的家。

三、台電聯合診所前

在和平東路一段前，
台電有一棟古老的平房，
就我所知最少也聳立在那兒有五、六十年。
在它的對面便是聯合診所，
有一次，我在診所前公車站等車，
看到一件動人心弦的事，
一個犀利哥在診所前垃圾桶，
翻尋病人棄置剩下的便當，
「老兄，您在這兒尋找食物，
我給您一百塊去買個便當充飢。」
「謝謝。這是都市邊緣最溫暖的一絲陽光。」
台北是一座美麗的都市，
在水泥叢林下，卻也有一些陰暗的死角。

四、街上舉牌的人

每一棟新建的豪宅，
還沒完工，便請許多舉牌的人，
站在四周巷口打賣屋廣告。
那些舉牌的人，手持房屋廣告牌，
從清晨到黃昏，跟廣告牌直立，
形成台北行道樹外，筆直的活人樹，
我曾問過他們持牌一天的代價，
他輕輕地告訴我，像〈桃花源記〉中所說：
「不足為外人道也」，
這是一個秘密，也是一則城市的謎。

五、我寫詩大半在等車的路上

我的眼睛，便是一架攝影機，
將路上所見新奇的故事記錄下來，
完成一則則動人心弦的印象。
台北的天空，無論晴雨都很美，
在街頭住店或往來行人，
都像是天空浮雲，游動的過客。
什麼是永恆，天知道？
如同《易經》所說的：「生生不息。」
一切都如昨天做過的事，
今天再重新做一遍，這就是可愛的人生。

六、紗帽山

每當我搭黃色的巴士，
來到綠色的陽明山。
有一座弧形的紗帽山躺在遠處，
像一頂綠色安靜的帽子，
是誰遺留下來的明顯記號？
這就是告訴您，
文化大學已經到了，
不要忘記您所攜帶的行李，
把時光留給紗帽山，其他都必須帶走，
那些留下來的堆積成一座山，便是前人的記憶。

七、台北掃落葉和賣花的人

公園裡清早，早有人在運動，
他們在慢跑，看青草從地上鑽出來，
街頭掃落葉的清潔工，
細數地上的落葉和花瓣。

在和平東路15號公車上，
乘客排隊上車，一切井然有序，
上車後穿綠衣北一女的學生、
穿卡其色建中、成功中學的學子，
他們在車上站著、讓座，

眼中流露智慧的光芒，
從清晨是一切的開始，
清新的空氣，流動著清新的希望。

在街道停車處，
就有人在賣玉蘭花，
潔白、芬芳，代表都市的清香。

一隻勤勞的螞蟻

一、

小時候，在雁石小鎮讀書，
在一次鎮上趕集中，
一個擺攤子的算命仙，
對一群圍繞攤子的小孩，
特別指著我說：
「他是一隻不過嶺的大蛇。」

這像是一句當地的諺語，
啟示我要成一隻大蛇，
要固守一方位的地盤，
做一件有意義的事，
要永遠固守，不要輕易放棄。

二、

大陸剛開放台胞入境時，
我參加一群蘇杭旅遊團，
在前往靈隱寺的途中，

熙熙攘攘的往來人群裡，
我遇到一個算命仙，
他拉著我說：「我要為你算命，
你有一種特殊的氣質。」
我沒有停下來，
依然跟著團隊上靈隱寺。

三、
有一次在我家陽台上，
看一列螞蟻忙碌地搬運食物，
我沒有打擾他們，
我看不出那隻螞蟻是領頭的，
或長得特殊，或特別靈異。

在造物者的面前，
每個人都像一隻螞蟻，
平凡一生，勤奮一輩子，
沒有耕耘，哪有收穫？
土地是最忠實不會騙人的。

問天

老天爺，
你的年紀大，
耳又聾，眼又花，
你知道嗎？

淡水老街風景區，
有一吳姓女子，
北一女畢業第三名，
精通五國語言，留德碩士，
回國後竟找不到工作，
走投無路，竟在公廁內自殺。
還有多少大學生、研究生、少年人，
沒有工作、失業，活活餓煞。
大官們、企業家、退職元首、副座，
他們依然享受富貴榮華。

老天爺，你的年紀大，
耳又聾，眼又花，
你不會做天，你塌了吧！
你不會做天，你塌了吧！

註：吳姓女子事件，見民國101年10月23日聯合報社會版A8

並蒂詩情

敦煌玉琵琶

是和闐白玉，琢成的玲瓏曲線，
彷彿一握佳人的渾圓。
安上絲弦，扣動關塞邊聲，
不再是高山流水，十面埋伏，
而是伊州草原，涼州古調，
訴說千年不變的相思和心曲。

配上一把玉笛，與你和弦，
音符散發楊柳風輕，婀娜柳枝，
從腳尖點出琤琮的旋律，
走過綠洲，舞過瓜洲、沙洲，
邁向敦煌的暮春，
絲路上飛花滿天。

玉琵琶，動關情，
是碎花流金，春泉暗流，
多少歲月從樂聲中喚回唐人的輕盈。
然而哀怨的傾杯樂，隨西風吹響，
鳴沙山，白龍堆覆上層層冰雪，
惟有敦煌的玉琵琶，打通絲路，
像飛天花雨的天籟，傳誦至今。

月子紀事

新月如鉤，如銀，
想你，搭上月的小船，渡過銀河，
來到江南，在黃蘆岸停泊。
記得你一襲白色羅衣，當時初見，
你是否在銀河口？等我上岸。

半月如玉，如梳，
想你，在窗前梳理長髮，
我是輕風，梳過翠湖的柳絲。
記得盈盈秋水，江南花香襲人，
你是否願意，在湖邊結廬同住？

而今，滿月當空，月色如玉，如銀，
想你，彷彿峨嵋山下看小月，
敦煌大漠一輪皓月上沙洲。
記得在夢裏雙手捧月，與月同行，
那怕是新月、半月、春月、秋月，
只要有月，思念恰如長夜綿延不絕。

小黃自白

台北都會滿街奔跑，
我不會孤單，我有好多伙伴。
從清晨到夜晚，
沒有間歇，輪番上班。

在車站、路口、醫院、餐館，
都可以看到我的蹤影，
都可以看到我的勤奮奮戰，
我是都會的樞紐，
沒有我，都市停擺，遜色不少。

我向旅客問安，向他們道別，
沒有悲傷，只有滿懷喜悅。
但沒有人知道我的感傷，
油價高漲，工作時數過長。
我不是寵物狗，我是主人賴以為生的伙伴。

當那一天，在街頭看不到我的身影，
那才是像流水不流，血液堵塞，

這才是世上最大的災難。
永不會發生的事實，不必驚慌，
我不是好好活著，為主人、旅客奔忙。

認識美國

（一）鈔票

每天要用錢，
就該認識鈔票和賺錢的哲學。

美國的紙鈔大小都相同，
但票額的數字和人頭都有區別：
一元是華盛頓（WASHINGTON），
五元是林肯（LINCOLN），
十元是漢墨頓（MAMLTON），
二十元是傑克遜（JACKSON），
五十元是葛林特（GRANT），
一百元票額最高是弗蘭克林（FRANLIN）。

硬幣有五種，依體積大小排列：
二十五先是夸脫，五先，一先，
最小的反而是十先令。
一元是金幣，已成收藏家的珍品。
夸脫反面各州圖案各有千秋，

有騎馬、有帆船、有州界、有花卉、有老鷹、有女
神……
風貌不一，美不勝收。

天下雖有聚寶盆、搖錢樹，
天上卻沒有掉下來的金幣。
用錢如流水，賺錢如水中撈魚，
用錢容易賺錢難，
是人間不變的定律。

（二）國旗
美國的公司或機關，
門口一定飄著一面大國旗，
住家的地方，也可見旗幟飛舞。
在遼闊的晴空和幅員上，
星條旗的藍白紅相襯，
是和平、安寧、美麗國土的象徵。

臺灣只有在選舉時才見到的旗海，
國旗已是被利用或糟蹋的工具。
選舉後有人卻要面對國旗宣誓就職，
這是莫大的諷刺和對比。
青白紅旗已不是自由、平等、博愛的代稱，

它蘊藏著雜亂、災難和對立的陰影。

（三）假日

沒有比放假更興奮，
國慶日（7.4.）放煙火慶祝，
火樹銀花裝點夜的寂寞。
小孩拿煙火筒跑到街心，
雖危險卻無比快樂。

美加勞動節（9.6.）也是舉國歡騰，
不上班不上課真開心。
大賣場停車位停滿，
人們穿梭百貨與百貨間，
從早到晚，不曾厭倦。

平日默默在崗位上工作，
放假猶如花木逢春，繽紛交錯。

樹

一、
樹一列列排列成君子，
亭亭獨立從不勾肩搭背。

在臺灣蓬蓬榕樹，
遠看似一隻火雞。
鄉間一排排檳榔樹，
是綠色火焰在風中搖曳。

加州有很多大頭椰子樹，
頭上插了一叢叢花色羽毛，
遠看好比出戰的印地安戰士。
大峽谷連綿不絕的松柏長青，
枝葉翠綠鋪成一塊碧玉。
德州最多的是橡樹和棕梠，
棕梠樹葉對生像唐衫密排的鈕扣，
橡樹葉厚重如孔子所說的君子。

樹挺立天地間，
向下紮根吸取大地的精華，
向上延伸招攬雨露和陽光，
它從不攀龍附鳳，結黨營私，
它亭亭而立，是君子。

二、

我靜坐樹下，
面對一棵老樹。
它以落葉告訴我，
凋零是秋的季節：
它以青翠的綠葉，
告訴我春的訊息。

面對它渾圓的身軀，
冰裂紋路的圖案，
我知道它是樟樹。
它的氣味有引人的芬芳，
也許它的沉默使我冷靜，
自然的奧秘就在它的身影。

綠代表生生不息的生機，
隱秘的氣味在風中擴散，
土地是它的母親，
在樹下我彷彿過了好幾個世紀。

搭上彩虹橋

——從上海飛回台北

從上海虹橋，登上彩虹，
下來就是台北松山機場。

在晴空萬里下，
白雲像棉絮飄浮，
一朵朵宛如彩帶飛舞，
是飛天仙侶隨天籟飄逸，
胡旋轉動似敦煌花仙子。
使人回到唐代盛世，
享受人間的太平風華。

瞬間從天上回到人間，
繁華的台北，喧騰的都市。
依然車輛交錯如紡織，
古今交錯織成彩虹般的綢緞。

在璀璨的陽光下，
片片白雲好似盛開的花朵，
美麗的天空，美麗的台北，
彷彿重回故鄉流動的記憶。

你們叫我的名字，臺灣

我是個小小的島，像一隻藍鯨，
浮游在臺灣海峽和太平洋；
有人說我是番薯，
番薯怎能生長在海上？

我和各地的人民自由交往，
來自本土或內地，或世界各方。
他們帶來各地特殊的小吃，
山西刀削麵、四川麻辣鍋，
江浙的甜點、東北的酸菜白肉，
風行世界的漢堡、德國豬腳，
加上本土的蚵仔煎、珍珠奶茶和肉丸，
構成多樣的飲食和夜市文化。

你一定到過東部的太魯閣，
南方澳漁港、宜蘭的蘭陽平原，
花蓮清新海岸、台東山野風光，
也嚐過日月潭阿婆的茶葉蛋，
逢甲的夜市、高雄三多的棺材板。

我是多元文化的綜合體，
四季如春，安和樂利的寶島。
我是一條藍鯨，逍遙浮游海上，
我是個小小的島，四面大海環繞，
你們叫我的名字，臺灣。

又是蘆花開的節候

一片白茫茫的蘆花，
佔領了水湄和整個山頭。
像白髮蕭蕭的老者，
帶領一群雁兒，
穿過白雲，在白雲深處，
尋找一片溫暖的水草。

也許我們已經年老，
就如蒼蒼的芒草，白髮蕭蕭。
山巔水湄還有我們的存在，
猶如白雲流過，漂泊一生，
存在就是美，存在真好。
想起童年深秋的天空，
有一群雁兒排隊飛過，
那又是蘆花開的節候。

千層白行（樂府詩）

白千層，千層白，
中秋過後花滿樹。
猶似敦煌飛天散花樂，
朵朵花開如樂譜。

白千層，千層白，
屹立街頭成路樹。
慰藉行人如流雲，
朵朵白花似家書。

綠葉樹幹白千層，
層層脫俗化為僧。
苦坐紅塵不知老，
日日夜夜向天昇。

千層樹，千層花，

朝夕守候千層霞。
遊子他鄉漂泊苦，
何日榮華歸老家。

紗帽山歌（樂府詩）

紗帽山，鬱青青，
坐鎮文大不變形。
莘莘學子匆匆過，
青山常在護人行。

紗帽山，垂綠纓，
守護華崗如長城。
俯視淡水萬家屋，
入夜燈火似繁星。

紗帽山，鬱青青，
有時風雨有時晴。
浮雲漂泊無定所，
悲歡離合總為情。

紅樓鐘聲兩首（七絕）

其一

鐘聲催促引迷津，桃李同儕益轉親。
誨人不倦如時雨，歲月常新六十春。

其二

桃花紅豔是非多，細雨好風又奈何？
老後怕看新日曆，門前不改舊山河。

三峽（七絕）

三峽老街窄巷多，
行人穿越誰經過。
兩旁雕刻舊時月，
情意猶如唱老歌。

元智大學即景（七古）

儒道配合本一體，花影天光四季同。
春來桃李花開日，夏季池塘滿荷紅。
秋來蘆白飄溪谷，冬日蕭瑟四面風。
桃源入口如峽谷，豁然開闊展心胸。
孕育學子新天地，五德並進如遊龍。

中秋（五絕）

窗外來新月，門庭納好風。
秋陽金色暖，寶島聲名紅。

中秋兩首（七古）

其一

初秋欒樹花青青，
中秋過後花變形。

風雨蕭瑟天氣涼，
一半霜霰一半晴。
人生飄泊無定所，
浮萍逐水何處停？
仰視藍空日落後，
璀璨夜影滿天星。

其二

舟車勞頓謀生難，
往來奔走為三餐。
中華民俗暗契約，
中秋月圓人團圓。
明日風吹流雲散，
漂泊蒼空受風寒。
陰晴圓缺無時日，
轉瞬一年歲又殘。

有待（七律）

霞光有待朝陽昇，
萬箭齊飛熱氣蒸。

清水芙蓉紅欲滴，
池塘蝴蝶綠猶增。
初秋欒木迎涼意，
入冬槿花掛彩燈。
何日重逢敘別後，
同餐聚首話相應。

無名山水本無名（七古）

有山一座橫眼前，
有水潺湲蘆草間。
偶或白鷺三兩隻，
岸邊捕魚不得閒。
或有漁翁坐磯石，
垂釣白雲似參玄。
山水何名不須問，
世態幻化如輕煙。

落花（五古）

落花隨風去，花落委入泥。
明年暮春日，是否花辭枝。
人生似花開，轉眼即枯萎。
但願花常好，同心永不離。
文姬成〈悲憤〉，響屜焚西施。
紅顏人珍惜，飄零有誰知？

從台北搭葛瑪蘭交通車往羅東
途中所見（七絕）

一、無名小溪穿青山

蘆花搖曳迎秋風，溪水環流碧澗中。
天地有情好景在，寧作江湖一老翁。

二、雪山隧道

台北宜蘭一線通，雪山隧道越時空。
人情冷暖常交往，一路青山喜相逢。

三、出雪山隧道

洞口出山藍天開，蘭陽晚稻迎面來。
人間處處多佳景，綠野平疇畫入懷。

四、蘭陽農舍

煙雨空濛農舍閒，家家新屋立田間。
家園種稻停耕作，辜負蒼天賜好田。

五、羅東轉花蓮

羅東轉運往花蓮，山水清新碧海前。
崎嶇前程臨險阻，豁然開闊景萬千。

落花（七絕）

其一

萬朵櫻花連接起，千山疊嶂在當前。
鶯啼蜂蝶迎春暮，一片殷紅落腳間。

其二

人生八十又逢春，桃李花開景色新。

但問紅顏能久駐？隨風飄泊落凡塵。

其三

櫻花落盡杜鵑新，春日和風吹綠蘋。
橋畔柳斜飄細雨，桃源流水問迷津。

其四

三月春歸花事了，杜鵑泣血對殘紅。
脂粉佳麗多悲憤，誰贖文姬入漢中？

其五

馬嵬坡前兵突變，白綾一段染殘紅。
可憐佳麗埋荒草，千古罪名付北風。

從松山飛往上海虹橋機場（五古）

臺灣到上海，如同一道橋。
彩雲天際飛，兩岸青天高。
往來無障礙，出入多逍遙。
飛行千萬里，會見王子喬。
瓊樓輝日月，蒼空永不老。

天涯如尺咫，乘機衝雲霄。

杭州西湖（七絕）

一、

西湖瑞雪薄輕盈，南國兒女蘇杭行。
臘梅先著春光至，兩岸聯吟第一聲。

二、

浙江大學在杭州，古來薈萃多名流。
縱談詩學論唐代，風華絕世冠全球。

三、

老翁八十體猶健，攜帶子孫上白堤。
蘇軾西湖比西子，傳吟佳句令人迷。

四、

三面青山一面城，西湖垂柳藏黃鶯。
遊人盡是遊春客，水秀風和接夏晴。

五、

三潭映月湖心亭，楊柳蘇堤柳條青。
江岸錢塘六合塔，遊人如織似飄萍。

六、

水秀山明天下知，風光嫵媚不同時。
楊花綠柳垂湖面，瀲灩春晴難與期。

重到杭州（七絕）

前年大雪入蘇杭，今夏重來柳葉長。
大地江山隨物轉，西湖風月勝錢塘。

西湖行（樂府詩）

孤山不孤山脈連，斷橋不斷雪花鮮。
西湖三怪人稱道，長橋不長情意牽。
我來杭州尋古蹟，千年佳話如眼前。
梅妻鶴子真處士，梁祝恨史韻事傳。

來杭州，上西湖，端陽借傘雷峰倒。
連綿山水看不盡，湖山煙影從此渺。
人人只說江南好，靜坐湖心不知老。

後山人文山水詩四首（七古）

一、花東海岸

花東海岸萬里長，
經歷城市和村莊。
大山綿延為屏障，
白浪滔滔太平洋。
花蓮台東多勝地，
吉安池上稻米香。
錦繡河川穿縱谷，
人親土親是故鄉。

二、太魯閣

清水斷崖山水惡，
巖石曲折太魯閣。
立霧溪頭多瀑布，
猶如蜀道難飛渡。

燕子口上一線天，
感念榮工將石鑿。
後人鑑賞奇異路，
驚歎天工如刀削。

三、鹿野、月眉到台東

一路青山接青翠，
且作山陰道上觀。
鹿野月眉小村落，
縈天繞白日月貫。
四季景物皆清新，
星移物轉時更換。
時見鳥獸越行道，
天人合一說聲讚。

四、六十石山金針花

六十石（ㄉㄢˋ）山金針花，
夏末開花紅滿天。
《詩經》稱作母親花，
孝親思慕內心安。
東部後山未開發，
細心經營脫貧寒。
鶴崗茶葉洛神花，

四海境寧禧樂年。

東方明珠行（樂府詩）

東方明珠在上海，錢塘六合近杭州。
江浙自古繁華地，絕代風物不易留。
和平飯店久聞名，壁畫雕刻歲月浮。
往來行人過江鯽，黃埔灘頭水暗流。

入夜外灘人氣聚，卻似虛幻夢中遊。
西郊賓館多貴客，樹木參天青草柔。
目睹尖塔燈火燦，了卻平生願已酬。
猶如黃牛遊北京，歸來依舊是黃牛。

韓國清州忠北大學校園

許清雲字儷騰，號城前村人，外號數碼精靈，筆名愛文，臺灣省澎湖縣白沙鄉城前村人。1948年生，東吳大學中國文學系博士班畢業，獲得中華民國教育部國家文學博士學位。學術專業爲古典文學理論批評、古典詩歌理論與鑑賞、楹聯研究、古籍整理學、電子書設計與製作、圖書文獻數位化研究。曾擔任澎湖縣立白沙國民中學教師、省立澎湖水產高級職業學校國文科教師、私立銘傳女子商業專科學校講師副教授及教授、私立東吳大學教授兼學系主任研究所所長。又曾任中華基督教衛理公會副董事長、衛理神學院董事、基督教論壇報社務委員、中華詩學會常務理事、東吳大學臺北校友會理事、考試院典試委員、國家文官學院講座等職務。目前爲東吳大學中國文學系專任教授、數位內容及技術研究室召集人、楹聯研究室召集人、中華詩學會理事、衛理公會安素堂執事會主席。主要著作，專書有：《現存唐人詩格著述初探》、《方虛谷詩及詩學理論》、《皎然詩式輯

校新編》、《皎然詩式研究》、《增廣詩韻集成校訂》、
《唐詩三百首新編》、《古典詩韻易檢》、《近體詩創作理
論》、《唐人七絕百首選讀》、《台英離形數位輸入法》、
《中文字離形數位化系統（常用字編）》、《三種ㄅㄆㄇ
數位化系統（常用字編）》、《海雲英文數位化系統（六
千英文常用單字編）》、《英文數位化系統及其應用》、
《挑戰密碼》，電子書及光碟產品有：《海雲ㄅㄆㄇ數碼輸
入法》、《台英離形數位輸入法》、《唐詩選編》、《唐詩
三百首寫入系統》、《宋詞三百首寫入系統》、《千家詩寫
入系統》、《唐詩詩牌遊戲》、《1000英文單字遊戲》、
《萬首唐人絕句檢索系統》、《唐詩三百首檢索系統》、
《宋詞三百首檢索系統》、《元曲三百首檢索系統》、《文
心雕龍全文檢索》、《世說新語全文檢索》、《樂府詩集
全文檢索》、《昭明文選電子書》、《紅樓夢電子書》、
《三國演義電子書》、《儒林外史電子書》、《西遊記電子
書》、《水滸傳電子書》、《文心雕龍電子書》、《史記電

子書》、《藝文類聚電子書》。此外，主
持東吳大學「共通課程教學提升計畫」，
架設「文學與藝術教學網站」；主持東
吳大學教學卓越計畫–完成「國文能力檢
定」線上測驗系統及「除錯蟲」線上遊戲
系統。專利有：中文字離形數位化系統及
其應用、一種計算機漢字輸入方法、一種
計算機英文輸入方法、英文數碼輸入法等
四項。

並蒂詩情

浙江天台山石樑瀑布

皎師三偷與涪翁點鐵成金換骨奪胎詩法

許清雲

壹、三偷斷案有乾坤，覺起涪翁一點魂

唐僧釋皎然（720～798？）深恐詩教淪喪，曾著《詩式》啓迪後學，提出「三偷」之說。所謂三偷，就是「偷語」、「偷意」、「偷勢」。這三偷的主張，在詩學理論和批評領域發生過相當深遠的影響。

宋黃庭堅（1045～1105）教導晚輩作詩，主張積極學古，傳世詩法有所謂「點鐵成金」術與「換骨」、「奪胎」法，標榜它是提升詩道的不二法門。這三項詩家法寶，在古典詩歌創作上和文藝批評領域發生過廣泛且深遠的影響。

皎然論詩貴獨創、反模擬，因此嚴正地提出「三偷」，且大加撻伐，雖義正詞嚴，可後來的詩人們，並不認為是不光彩的偷盜行為，反而以之為口實，把「三偷」當成做詩「三昧」。究竟前述黃庭堅這三項詩家法寶與皎然三偷主張的實質意旨是否相同？黃庭堅此論是否有受到皎然的啓示？查證前人研究，雖曾經約略云及[1]，但未受到普遍的回響，故筆者不揣學淺才陋，為文深入證成之，且求教於學者專家。

貳、詩家總愛奪胎法，釋子豈禁偷勢門

一、皎然三偷說論述

皎然字清晝，吳興人，自稱南朝詩人謝靈運十世孫。幼年出家，從靈隱寺戒壇守直律師受戒，于毗尼道，尤所留心。及中年，又專意於禪。曾與靈徹、陸羽同居吳興杼山妙喜寺，為莫逆之交。皎然出家後，始終不忘情吟詩，為詩僧中之佼佼者。贊甯《宋高僧傳》卷二十九，稱其「文章雋麗，當時號為釋門偉器」。常以詩會友，與同時代的文人學者，如顏眞卿、韋應物、皇甫曾等，皆過從甚密。湖州刺史顏眞卿於郡齋集文士撰《韻海鏡源》，也曾邀請皎然參加。皎然嘗著《儒釋交遊傳》、《內典類聚》共四十卷，《號呶子》十卷，流布于時貴，後失傳。貞元九年（793），集賢殿御書院命徵集皎然文集，得詩546首，成十卷，湖州刺史于　應皎然之請作序，納於延閣書府，「天下榮之」。但皎然最出色的成就還不在於他清機逸響、閑淡自如、富於深厚意境和情味的詩作，而在於他的詩論專著《詩式》與《詩議》。其中又以《詩式》貢獻最大。

皎然《詩式》共五卷，最初只是一些評論古今人詩與討論作詩體式的箚記，貞元五年（789），經前御史中丞、湖州刺史（或云湖州長史）李洪提議整理而成。《詩式》既是皎然對詩歌創作經驗的結論，也是皎然以其美學觀點，對「兩漢以降，至於我唐，名篇麗句，凡若干人」[2]的詩歌創作經驗所作的理論概括，是我國較早出現而又較為完備的一

部探討詩歌藝術的專著，甚受時人及後代重視。元人辛文房〈皎然上人傳〉說皎然《詩式》、《試評》「皆議論精當，取捨從公，整頓狂瀾，出色騷雅」（《唐才子傳》卷四）。明人胡震亨在對比諸種詩話以後也說「惟皎師《詩式》、《詩議》二撰，時有妙解」。故知此書深得後人好評，在整個中國詩歌理論史上具有相當重要的地位。

本文所論三偷之說，見諸皎然《詩式》「評三不同語意勢」，其言曰：

評曰：不同可知矣，此則有三同。三同之中，偷語最為鈍賊。如漢定律令，厥罪必書，不應為酇侯，務在匡佐，不暇采詩，致使弱手蕪才，公行劫剝。若許貧道片言，可折此輩，無處逃刑。其次偷意。事雖可罔，情不可原。若欲一例平反，詩教何設？其次偷勢。才巧意精，若無朕濾，蓋詩人閫域之中，偷狐白裘之手，吾亦賞俊，從其漏網。

偷語詩例

如陳後主詩云：「日月光天德」，取傅長虞：「日月光太清」。上三字語同，下二字義同。

偷意詩例

如沈佺期詩：「小池殘暑退，高樹早涼歸。」取柳惲：「太液滄波起，長楊高樹秋。」

偷勢詩例

如王昌齡詩：「手攜雙鯉魚，目送千里鴈。悟彼飛有

適，嗟此罹憂患。」取嵇康：「目送歸鴻，手揮五絃。俯仰自得，游心太玄。」[3]

據此，可見偷語的人只知點竄他人佳句，甚至略易數字而為己用，一眼即教人認出來，所以被皎然譏為鈍賊，無處逃刑。偷意者不改原作之意，雖已另鑄新詞，而猶能見到蛛絲馬跡，所以皎然說事雖可罔，情不可原。三偷之中，偷勢者手段最高明，他已將贓物拆卸改裝，零件重新組合，讓失者即使目睹該物，也無法肯定確認。所以說是「才巧意精，若無朕瀨，蓋詩人閫域之中，偷狐白裘之手，吾亦賞俊，從其漏網。」

眾所周知，禪宗旨意不外淨心自悟，最大特點就在強調「本心」的地位和作用，求新求變乃是禪宗努力不懈的追求。皎然本身信仰禪宗，故詩學理論深受其影響，推崇自然、本色，主張創新，反對模擬。在前段引文當中，皎然明確區分模擬方式有三：偷語、偷意、偷勢。先不論情格高下，各冠以「偷」字，應是極不喜歡模擬了。然而從其詮釋文字及區分語、意、勢三等觀之，應有深藏作用，似乎並非全在反對模擬而已。因此，對「偷語」、「偷意」極盡所能的鞭笞，又列舉了具體詩例，按年代先後來品評說誰偷了誰的東西。對於「偷勢」則認為「才巧意精，若無朕跡」，非但不再喊捉賊，反而說「吾亦賞俊，從其漏網。」是針對三偷的評價，皎然心中盤算，筆下可活靈活現，極具故事性，

筆者認定其中應有隱約示人以「用變」的方法[4]。

　　皎然雖總結前人詩歌創作中的因革情況，歸納出偷語、偷意、偷勢三類，體現出個人反對辭語、立意因襲的主張。但藝術表現固然貴在創新，而中國古代文人仿古製作的風氣特盛，詩詞曲中語意全同之例，多不勝舉。前輩詩人李白和崔顥在黃鶴樓覽勝之英雄所見略同的傳說，與夫李白後來題〈登金陵鳳凰台〉詩，可以和崔顥〈黃鶴樓〉詩「格律氣勢，未易甲乙」的爭鋒[5]，也算是「偷勢」的一個最佳例證，精詩聞名的皎然應略有所知。故雖再三強調絕對獨創的詩法，也不得不承認要是偷法高明，「蓋詩人閫域之中，偷狐白裘之手，吾亦賞俊，從其漏網。」在三同之中，猶許「偷勢」來作一轉圜，而不把話全然說死。

二、黃庭堅詩法論述

　　黃庭堅字魯直，號涪翁，又號山谷道人，宋文學家、書法家。與張耒、晁補之、秦觀俱游蘇軾門，時稱「蘇門四學士」，而山谷于詩影響尤大，元祐間即與蘇軾並稱「蘇黃」。其詩歌理論及實踐，對宋詩影響甚大，江西詩派即受此影響而產生，涪翁亦被推為此派宗師。

　　山谷論詩雖有諸多詩法，但黃氏本人並未有意對其詩學主張作出系統性、完整的理論著述，其關於詩歌的諸多想法，多半有賴於他人的引錄、傳釋而存世，其中宋釋惠洪的貢獻最大。惠洪曾親歷黃庭堅教導，所著《冷齋夜話》、《天廚禁臠》二書多論元祐諸公詩事，當中稱引、詮釋黃庭

堅論詩之語甚多。尤其引錄、傳釋「換骨」、「奪胎」詩法，江西詩派文人莫不奉爲圭臬，以涪翁弟子自居的陳師道（1053～1101）是黃山谷理論的出色實踐者，位列「三宗」[6]之一的陳與義（1090～1138）也深得山谷此中要旨。南宋傑出的詩人陸游（1125～1210）、范成大（1126～1193）、楊萬里（1127～1206）乃于至宋末的劉克莊（1187～1269）等人，也都頗受黃氏理論的啓悟，其一脈相承，影響宋詩創作既廣且深。

「換骨」、「奪胎」二法，當代學者周裕鍇曾在《文學遺產》2003年第6期發表〈惠洪與換骨奪胎法——一樁文學批評史公案的重判〉，文中判定「奪胎換骨」說的首創者不是黃庭堅而是惠洪。此文旁徵博引，反復考訂，是文學批評史研究領域內難得一見的用力甚勤的文獻考訂之作。針對周文這「一樁文學批評史公案的重判」，南京大學教授莫礪鋒也在《文學遺產》同期撰文〈再論「奪胎換骨」說的首創者——與周裕鍇兄商榷〉對〈惠洪與換骨奪胎法〉一文提出商榷，認爲在現有文獻的基礎上，尚無法否定黃庭堅首創「奪胎換骨」說的舊說。莫文沿著周文的思路展開論證，首先以惠洪著作的內證入手，證明惠洪著作中並不存在他首創此說的堅確證據。其次從宋人文獻的外證入手，證明此說在惠洪之前已有人記錄，且宋人引此說者也明言其爲黃氏所創。結論是：「奪胎換骨」說確是黃庭堅首創，惠洪則是較早的引述者，周文之翻案不能成立。筆者曾認眞檢查了周文

的論證，以及在現有的文獻資料上再三推敲，個人仍然贊成莫礪鋒教授的主張。

黃庭堅論詩詩法，除了「換骨」、「奪胎」二法外，還有「點鐵成金」一術，也曾在古典詩歌創作上和文藝批評領域發生過廣泛而深遠的影響。「點鐵成金」術和「換骨」、「奪胎」法，是黃山谷充分肯定了學習模仿的合理性和重要性，同時更指出了必須以創新為目的，所謂「領略古法生新奇」[7]而提出的主張，這就區別了簡單的蹈襲剽竊。此法被江西派當成做詩「三昧」後，旋即傳佈開來。後人再三引錄、傳釋，原始意涵雖也有被衍生了，但首創此說的應是黃庭堅。而筆者對此術語的解讀，也以黃庭堅之語及惠洪《冷齋夜話》所引述者為主。

（一） 點鐵成金

點鐵成金，用手指一點使鐵變成金的法術。這一術語來自禪宗典籍，它原是道教煉丹術。黃庭堅的「點鐵成金」術見於其〈答洪駒父書〉，文存本集卷十九；他說：「自作語最難，老杜作詩，退之作文，無一字無來處。蓋後人讀書少，故謂韓、杜自作此語耳。古之能為文章者，真能陶冶萬物，雖取古人之陳言入於翰墨，如靈丹一粒，點鐵成金也。」[8]黃山谷雖提出「點鐵成金」之喻，但信中並未舉例詳言。唯據此亦可知，他所說的「點鐵成金」，實際上是比喻寫作文章時，稍稍改動前人已使用過的語言材料，就能使它變得更加出色。原來黃山谷在信中批評外甥洪駒父讀

書少，多自創之語，缺乏古人的規矩繩墨，無法達到古人的境界。因此諄諄教誨他要多讀古人的書，建議「熟讀司馬子長、韓退之文章」，「更需治經，深其淵源，乃可到古人耳。」

但這般化腐朽為神奇，在詩、文寫作中通過對舊有語言材料的借鑒改造，重新組織鍛鍊以創造出新的意象，應不是黃庭堅獨門的功夫。老杜鍊句、鍊意，多有襲自前人而加工再造，暫且不提。宋初詩人如林逋〈山園小梅〉：「疏影橫斜水清淺，暗香浮動月黃昏。」向來是後人稱讚的名句，而其前身則是來自南唐江為的寫景殘篇。清顧嗣立《寒廳詩話》云：「江為詩：『竹影橫斜水清淺，桂香浮動月黃昏』，林君復改二字為疏影、暗香，以詠梅，遂成千古絕調。」[9]不過，此一詩法還是在黃庭堅寫給其外甥洪芻的〈答洪駒父書〉中提出來之後，乃引起大家普遍的重視，竟成為江西派詩人競相傳遞的詩法，群起傚效，遂影響了整個宋代詩壇。

葛立方曾說：「客有為余言後山詩，其要在於點化杜甫語爾。杜云『昨夜月同行』，後山則云『勤勤有月與同歸』。杜云『林昏罷幽磬』，後山則云『林昏出幽磬』。杜云『古人去已遠』，後山則云『斯人日已遠』。杜云『中原鼓角悲』，後山則云『風連鼓角悲』。杜云『暗飛螢自照』，後山則云『飛螢元失照』。杜云『秋覺追隨盡』，後山則云『林湖更覺追隨盡』。杜云『文章千古事』，後山

則曰『文章平日事』。杜云『乾坤一腐儒』，後山則曰『乾坤著腐儒』。杜云『孤城隱霧深』，後山則曰『寒城著霧深』。杜云『寒花只暫香』，後山則云『寒花只自香』。如此類甚多，豈非點化老杜之語而成者？余謂不然。後山詩格律高古，眞所謂『碌碌盆盎中，見此古罍洗』者。用語相同，乃是讀少陵詩熟，不覺在其筆下，又何足以病公。」（《韻語陽秋》卷二）葛立方雖努力爲陳後山辯護，而陳後山學杜則是不爭的事實，其奉行實踐黃山谷理論也相當出色。所以，「點鐵成金」不必一定取古人之「陳言」，取古人之「麗語」，使自己作品變得更加出色，也是這種技法的運用。

（二）奪胎換骨

「奪胎換骨」原是兩種詩家鍛句鍊字的手法，首見於釋惠洪《冷齋夜話》所載，今亦傳於世。他說：「山谷云：『詩意無窮，而人之才有限。以有限之才，追無窮之意，雖淵明、少陵不得工也。然不易其意而造其語，謂之換骨法。規模其意（而）形容之，謂之奪胎法。』」（見宋釋惠洪《冷齋夜話》[10]引）據此可知，二者原是分用而且含義有別。黃庭堅認爲，以有限之才去追尋無窮之意，難以達到對詩歌的精工錘煉，所以要採取奪胎、換骨法。所謂「換骨」，是指不易他人詩意，而另造其語；換言之，即是不改變原作的詩意，而創造新鮮工整的語詞去提煉使之更爲精彩。《詩憲》說：「換骨者，意同而語異也。」[11]所謂「奪

胎」，是規模他人詩意，而更加形容；換言之，就是窺入體悟原詩的意義而重新加以形容，從而好像意從己出。《詩憲》說：「奪胎者，因人之意，觸類而長之。」[12]奪胎和換骨的原始意義，《冷齋夜話》和《詩憲》已表達得相當清楚。因此，「點鐵成金」著眼於語言，「奪胎、換骨」皆立足于詩意，雖側重點各有不同，但二者基本精神和核心實質卻是一致的，都是強調在借鑒和繼承的基礎上進行創新，期能超越前人的藝術創造。

所謂「換骨法」，惠洪舉例說，如李白有詩「鳥飛不盡暮天碧」一句，又有「青天盡處沒孤鴻」句，黃庭堅認為這些詩句，「此意甚佳而病在氣不長」，因而自作〈登達觀台〉：「瘦藤拄到風煙上，乞與遊人眼界開。不知眼界開多少，白鳥去盡青天回。」[13]按，黃山谷取李翰林詩語與詩意，諸如「鳥飛」、「暮天」、「青天」之類，且將李白詩中靜態的「青天」、「暮天」，改換成動態的「青天回」，從而描繪了眾鳥飛盡之後青天返回的盛況，使意境更為開闊，氣勢更為宏大，遂增強了詩歌的氣骨，表現了山谷特有的瘦硬風格。這麼看來，「換骨」就是換其詞；修改後的詩保留了原詩的構思和主要意象，而改變了句法結構，換用自己的語言去表達。這種將前人的「陳言」納入自己詩中進行有創意的轉化，就是「換骨法」的典型例子。而「奪胎法」呢？惠洪舉例說，白樂天詩：「臨風杪秋樹，對酒長年身。醉貌如霜葉，雖紅不是春。」蘇東坡南中作詩曰：「兒童誤

喜朱顏在，一笑那知是酒紅。」[14]按，蘇軾取白居易醉紅如同秋天的霜葉，而非春天的花朵之意，以此加以演化創新，轉換成醉紅並非青春的臉龐，脫胎出自己的意境；凡此之類，就是「奪胎法」的典型例子。這麼看來，「奪胎」是指透徹領悟前人的構思，再用自己的語言去演繹，追求意境的深化或思想的開拓。可見在惠洪《冷齋夜話》所舉詩例，奪胎、換骨雖說都是要通過學習古人的作品來融會新的詩意和詩境，但當中還是有幾希差異。

參、意似秋鴻來有訊，事如春夢了無痕

　　在學習、借鑒、繼承前人優秀成果的基礎上進行超越、創新，這正是古代文學創作的一條基本規律，是所有藝術創作的必經之路。因此，文學創作往往離不開模仿，仿製或再造，在歷代文學作品中不勝枚舉。皎然歸納出的偷語、偷意、偷勢，也是總結前人詩歌創作中的因革情況，而提出個人反對辭語、立意因襲的「用變」主張。如前所述，黃庭堅提出「點鐵成金」、「換骨」、「奪胎」，要旨在於強調詩人務必在學習古人詩文精華的基礎上創造昇華出新的詩歌意境，其立意是在創新而非剽竊。因此，黃庭堅這三項詩家法寶與皎然「三偷說」確有異曲同工之妙。然則是否真正受到「三偷說」的啟示？由於黃庭堅沒有「夫子自道」，承認是「借鑒」皎公，同時代人也沒明說¡，所以研究相當困難。但要釐清這一問題，可從內證和外證兩方面綜合考察。

一、內證考察

（一）二說立意相同

　　皎然所說的三偷，如以難易度來分辨：偷語較易，偷意稍難，而偷勢尤難。黃庭堅所提出的「點鐵成金」、「換骨」、「奪胎」詩法，三者雖非同時連類及之，但作爲詩法之技藝，三者間極其有關，且實際操作上，也有難易度的差別。因此，「偷語」、「偷意」、「偷勢」之說，與「點鐵成金」、「換骨」、「奪胎」可進一步再比對其類同。

　　「偷語」之例，如陳後主〈入隋侍宴應詔詩〉：「日月光天德」，係模仿傅長虞〈贈何劭王濟詩〉：「日月光太清」，前三字語同，後二字義同，看不出陳後主有何熔鑄創新之處。因爲其病全在仿製，即使逼肖古人，已非極詣，況遺其神理而得其皮毛者乎！模仿不脫古人窠臼，是 仿製，果效不佳，所以才被作爲取笑之例。高手如歐陽脩者，也曾慘遭滑鐵盧。歐陽非常喜歡溫庭筠〈商山早行〉：「雞聲茅店月，人跡板橋霜」的名句，也存心模仿，從中偷幾個字，寫了一首〈過張至祕校莊〉[15]，效其體：「鳥聲梅店雨，野色柳橋春。」非但未能超越溫詩原意，而且是「邯鄲學步」，輸得很慘！文忠公之才，豈遜溫八叉？這般「點金成鐵」，簡直不可思議。但如葛立方《韻語陽秋》卷十所錄：「陳琳痛長城之役，則曰：『生男戒勿舉，生女哺用脯。』杜甫傷關西之戍，則曰：『生女猶是嫁比鄰，生男埋沒隨百草。』」雖略易數字而爲己用，就偷得可圈可點。同樣是

「生男」、「生女」，杜甫眞能陶冶萬物，點鐵成金。差別是杜甫在模仿之外，更加上熔鑄的工夫，這就是再造而非仿製了。再造的工程可以比作「點鐵成金」，似這般「青出於藍而勝於藍」，說是善於「偷語」，誰曰不宜！

即此可知，「點鐵成金」之術，就是成功偷語的人；而祇知點竄他人佳句，若是「點金成鐵」，甚而「點金成石」，結局都是偷語失敗的人，當然是「鈍賊」了。

偷意之例，皎然舉沈佺期詩〈酬蘇員外味道夏晚寓直省中見贈〉：「小池殘暑退，高樹早涼歸。」與柳惲〈從武帝登景陽樓詩〉：「太液滄波起，長楊高樹秋。」爲例。細味此二詩句，同樣是寫秋意悄悄地來臨，同樣有池水、高樹，但和「偷語」祇知點竄他人佳句，略易數字而爲己用，可大不相同。在立意上，詩人已作了部分的加工，也注入了個人的文采。可惜是留下的痕跡仍然明顯，所以執高標準的皎然覺得還是不能寬恕。

葛立方說：「詩家有換骨法，謂用古人意而點化之，使加工也。李白詩云：『白髮三千丈，緣愁似箇長。』荊公點化之，則云『繰成白髮三千丈』。」（《韻語陽秋》卷二）葛氏所記「詩家有換骨法」，正是黃山谷所說的「換骨法」，即皎然所說的「偷意」。他如杜甫〈戲題王宰畫山水圖歌〉：「焉得 州快剪刀，剪取吳淞半江水。」而李賀〈羅浮山人與葛篇〉：「欲剪湘中一尺天，吳娥莫道吳刀澀。」亦此之類。

偷勢之例，皎然舉王昌齡詩〈獨遊詩〉：「手攜雙鯉魚，目送千里鴈。悟彼飛有適，嗟此罹憂患。」說是取嵇康〈贈秀才入軍〉：「目送歸鴻，手揮五絃。俯仰自得，游心太玄。」細味此二詩句，語意雖也有相同者，但其偷法高明還在詩的「意境」。因此，所謂偷勢，祇模仿古人句律，而不襲用全詩句意，這正是黃山谷所說的「規模其意（而）形容之」，此之謂「奪胎法」。唐人如李白詩：「海風吹不斷，江月照還空。」白居易有：「野火燒不盡，春風吹又生。」亦此之類。

　　異代文人，如胡仔《苕溪漁隱叢話後集》卷十載：「『天街小雨潤如酥，草色遙看近卻無。最是一年春好處，絕勝煙柳滿皇都。』此退之〈早春〉詩也。『荷盡已無擎雨蓋，菊殘猶有傲霜枝。一年好景君須記，最是橙黃橘綠時。』此子瞻初冬詩也。二詩意思頗同而詞殊，皆曲盡其妙」[16]。按，蘇詩雖寫秋末冬初的物色，且與退之〈早春〉詩有別，但仔細推敲，分明還是借韓詩的結構重起樓閣。所以胡仔評說「意思頗同而詞殊，皆曲盡其妙」，這正是皎然所說的「偷勢」，即黃山谷所說的「奪胎法」。

（二）印證山谷詩作

　　偷語而善於點化者，黃庭堅詩作不乏其例。《詩人玉屑》卷之八引《隨筆》載：「徐陵〈鴛鴦賦〉云：『山雞映水那相得，孤鸞對鏡不成雙。天下真成長會合，無勝比翼兩鴛鴦。』黃魯直題畫〈睡鴨〉曰：『山雞照影空自愛，孤

鸞舞鏡不作雙。天下眞成長會合，兩鳧相倚睡秋江。』全用徐陵語點化，末句尤工。」按，此段引文直接說到黃庭堅點化徐陵語而末句尤工，可知山谷是親身踐行其所創「點鐵成金」詩法；對應「三偷」說法，就是「偷語」。另外，《艇齋詩話》載黃山谷〈詠明皇時事〉：「扶風喬木夏陰合，斜谷鈴聲秋夜深。人到愁來無處會，不關情處亦傷心。」其意乃襲自白居易詩〈和思歸樂〉：「峽猿亦無意，隴水復何情。爲到愁人耳，皆爲斷腸聲。」按，此說山谷用前人詩意而自鑄新詞，這就是「換骨法」；對應「三偷」說法，就是「偷意」。《詩人玉屑》卷之八引《室中語》載陵陽論山谷：「客舉魯直題子瞻伯時〈畫竹石牛圖〉詩云：『石吾甚愛之，勿使牛礪角。牛礪角尚可，牛 殘我竹。』如此體制甚新。公徐云：『獨漉水中泥，水濁不見月。不見月尚可，水深行人沒。』蓋是李白〈獨漉篇〉也。」按，此說山谷詩意乃規摹李白而觸類引申，以綴茸成詩，這就是「奪胎法」；對應「三偷」說法，就是「偷勢」。

　　《韻語陽秋》卷一載：「近觀山谷黔南十絕，七篇全用樂天〈花下對酒〉、〈渭川舊居〉、〈東城〉〈尋春〉、〈西樓〉、〈委順〉、〈竹窗〉等詩，餘三篇用其詩略點化而已。樂天云：『相去六千里，地絕天邈然。十書九不到，何以開憂顏。』山谷則云：『相望六千里，天地隔江山。十書九不到，何用一開顏。』樂天云：『霜降水反壑，風落木歸山。冉冉歲時晏，物皆復本原。』山谷云：『霜降水反

壑，風落木歸山。苒苒歲華晚，昆蟲皆閉關。』樂天詩云：
『渴人多夢飲，饑人多夢餐。春來夢何處？合眼到東川。』
山谷云：『病人多夢醫，囚人多夢赦。如何春來夢，合眼見
鄉社。』葉少蘊云：『詩人點化前作，正如李光弼將郭子儀
之軍，重經號令，精彩數倍。』」葛立方指出的例子，確是
山谷有意點化白居易詩。

　　其實黃庭堅的傳世名作「幾於無一字無來歷」（趙翼
《甌北詩話》語），名篇如上引〈畫竹石牛圖〉，山谷自謂
平生極至語，然實模仿李白〈獨漉篇〉，清代吳景旭以為
「語言甚新」（〈歷代詩話〉卷五十九）。而〈王充道送水
仙花五十枝，欣然會心，為之作詠〉，被清代方東樹譽為
「奇思奇句」（〈昭昧詹言〉），其起句「凌波仙子生塵
襪，水上輕盈步微月」，即是衍化曹植〈洛神賦〉：「凌
波微步，羅襪生塵」語意，以洛神比喻水仙花；結句「坐對
真成被花惱，出門一笑大江橫」，則是學習杜甫〈縛雞行〉
「雞蟲得失無了時，注目寒江倚山閣」旁入他意的形式，同
時還化用杜甫〈江上獨步尋花〉：「江上被花惱不徹，無處
訴人只顛狂」句意。他如「百年中半夜分去，一歲無多春暫
來」（〈戲贈頓二主簿〉），衍自白居易〈寄元九詩〉「百
年夜分半，一歲春無多」；「公有胸中五色線，平生補袞用
功深」（〈再次旁四首〉）源於杜牧詩〈郡齋獨酌〉「平生
五色線，願補舜衣裳」；「五更歸夢三千里，一日思親十二
時」（〈思親〉）淵自朱晝〈喜陳懿老至〉「一別一千日，

一日十二憶。苦心無閒時，今夕見玉色」及柳宗元〈別舍弟宗一〉「一身去國六千里，萬死投荒十二年」，或點化，或換骨，或奪胎，皆能增加一些新的內涵，賦予新的意境。詩話著作之稱述也比比皆是，不一一再引。

黃山谷爲文強調獨創，有「文章最忌隨人後」、「自成一家始逼眞」之名言。由此出發，他把學習模仿和借鑒再造作爲創新必不可少的重要手段，明確提出且親身實踐規摹古人的技法：點鐵成金、換骨、奪胎。山谷充分肯定了學習模仿的合理性和重要性，同時也指出了必須以創新爲目的，這就區別了簡單的蹈襲剽竊。然而，這理論都不謀而合與皎然「三偷」說類同，應也算是黃庭堅對皎然主張之高明的奪胎工夫。

二、外證考察

（一）書目著錄

唐人詩格著述在宋代流通不多，皎然《詩式》甚爲有幸，非但傳世且相當風行。《詩式》一書自唐德宗貞元五年李洪來守湖州點竄刊行，至北宋、南宋刻本一直流傳於世。北宋公家書目著錄者，有《新唐書・藝文志》、《崇文總目》、《宋史・藝文志》，南宋私人書目著錄者，有鄭樵《通志・藝文略》、陳振孫《直齋書錄解題》，可以想見其流通情形。[17]

《新唐書》編撰緣起，乃因宋仁宗認爲《唐書》淺陋，故下詔重修。前後參預其事的有歐陽脩、宋祁、范鎮、呂夏

卿、王疇、宋敏求、劉羲叟等人，皆一時名流。總的說來，列傳部分主要由宋祁負責編寫，志和表分別由范鎮、呂夏卿負責編寫。最後在歐陽脩主持下完成。《藝文志》比《舊唐書·經籍志》所收唐人著述增多數倍，是其優點，惟收集尚未十分完備，以《崇文總目》及《太平御覽》引書目相較，可知其失。

《崇文總目》是宋代的官修書目，著錄經籍共3445部，30669卷，是北宋最大的目錄書。景祐元年（1034），宋仁宗命翰林學士張觀、李淑、宋祁等校定整理三館與秘閣藏書，去蕪存菁、刊其訛舛，編成書目，不久又命翰林學士王堯臣、聶冠卿、郭稹、呂公綽、王洙、歐陽脩等人校正條目，討論撰次，又仿唐代《開元群書四部錄》，編列書目。歷七年至慶曆元年（1041）七月成書60卷，慶曆元年十二月，由翰林學士王堯臣上奏，賜名崇文總目，是中國現存最早的一部國家書目（已殘缺）。

《宋史·藝文志》八卷，元脫脫等奉敕撰，至正五年（一三四五）成書。主要依據呂夷簡等編太祖、太宗、眞宗《三朝國史藝文志》：王珪等編仁宗、英宗《兩朝國史藝文志》：李燾等編神宗、哲宗、徽宗、欽宗《四朝國史藝文志》以及包括高宗、孝宗、光宗、寧宗四朝《中興國史藝文志》等四種藝文志，並採用《新唐書·藝文志》末注錄的方法，加注補錄一些變館所存宋代寧宗嘉定以後的新書匯輯而成，總共錄宋一代藏書9819部，10990卷。此志實際上是記

載宋代藏書情況及宋代著述情況的變志總目。但由於著錄重複差誤較多，故在所有史志目錄中，此志最稱蕪雜。所以，使用此志時，須與鄭樵《通志·藝文略》、晁公武《郡齋讀書志》、陳振孫《直齋書錄解題》及馬端臨《文獻通考·經籍考》互相參稽。

以上公私書目，清楚著錄彼時藏書有皎然《詩式》，是《詩式》一書在北宋仁宗、英宗、神宗、哲宗四朝必仍是易見。黃庭堅既是博學，又精詩藝，肯定見過皎然《詩式》一書。

（二）詩學文獻

皎然《詩式》除宋代公私書目著錄藏書外，兩宋詩學專家在編輯詩學材料時，也曾一再採擇納入，如北宋仁宗時翰林學士李淑作《詩苑類格》，曾抄錄皎然《詩式》「詩有三偷」一段資料。[18]南宋魏慶之《詩人玉屑》卷之四抄錄皎然《詩式》「詩有四不」等八條資料。南宋計有功《唐詩紀事》卷七十三「僧皎然」條下，明言皎然詩式內容，依次有「偷語詩例」、「偷意詩例」、「偷勢詩例」等。[19]足證皎然《詩式》中「三偷」的說法，甚受兩宋詩學專家青睞，黃庭堅既有心於詩法，料必見過皎然「三偷」的主張。

（三）宋金詩話

南宋吳曾《能改齋漫錄》卷三〈議論〉「詩有奪胎換骨、詩有三偷」：「洪覺範《冷齋夜話》曰：『山谷云：詩意無窮，而人之才有限。以有限之才，追無窮之意，雖少

陵、淵明，不得工也。然不易其意而造其語，謂之換骨法；規模其意形容之，謂之奪胎法。』予嘗以覺範不學，故每爲妄語。且山谷作詩，所謂『一洗萬古凡馬空』，豈肯教人以蹈襲爲事乎？唐僧皎然嘗謂：『詩有三偷：偷語最是鈍賊，如傅長虞「日月光太清」，陳後主「日月光天德」是也；偷意事雖可罔，情不可原，如柳渾「太液微波起，長楊高樹秋」，沈佺期「小池殘暑退，高樹早涼歸」是也；偷勢才巧意精，略無痕跡，蓋詩人偷狐白裘手，如嵇康「目送歸鴻，手揮五弦」，王昌齡「手攜雙鯉魚，目送千里雁」，是也。』夫皎然尚知此病，孰謂學如山谷，而反以不易其意與規模其意，而遂犯鈍賊不可原之情耶？[20]按，《能改齋漫錄》編刊于南宋高宗紹興二十四至二十七年間，孝宗隆興初（1163）因仇家告訐，誣此書「事涉訕謗」，遂被禁毀。至光宗紹熙元年（1190）始重刊版，下及元明，刊本又絕，今所見者爲明人從秘閣抄出。南宋前期，吳曾已將「詩有奪胎換骨、詩有三偷」相提並論，且不信黃山谷會「教人以蹈襲爲事」，此說雖針對洪覺範《冷齋夜話》而發，然謂二者指涉意義相同，而有緒衍關係，言之鑿鑿，是一條有力旁證。

金人王若虛《滹南詩話》卷二曰：「山谷之詩，有奇而無妙，有斬絕而無橫放，舖張學問以爲富，點化陳腐以爲新；而渾然天成，如肺肝中流出者不足也。此所以力追東坡而不及歟？」卷三又曰：「魯直論詩，有奪胎換骨、點鐵成金之喻。世以爲名言。以予觀之，特剽竊之黠者耳。」按，

滹南遺老王若虛論詩提倡曉暢自然的風格，主張寫哀樂之真，反對模擬雕琢，推崇杜甫、白居易、蘇軾，反對以黃庭堅為主的江西詩派諸人，故謂「魯直論詩，有奪胎換骨、點鐵成金之喻，世以為名言，以予觀之，特剽竊之點者耳。」王氏此言雖有過激之語，然指出「奪胎換骨」、「點鐵成金」和「偷竊」有關，是亦暗示了其與皎然「三偷」之間的微妙關係。

（四）詩格資料

晚唐五代出現不少《詩格》著述，張伯偉《全唐五代詩格校考》一書可以查證。此類《詩格》著述，或多或少受到皎然《詩式》的影響。至宋初尚有作者，如《續金針詩格》，即題名梅堯臣所撰。可見這種唐末詩僧論詩的一大癖好，仍影響及於北宋詩壇。如果文人不是親自撰述此類《詩格》，也有用心搜集匯編《詩格》者，如仁宗時翰林學士李淑編纂《詩苑類格》，稍後蔡襄之孫蔡傳編著《吟窗雜錄》，都是匯集選編唐五代《詩格》著述，提供學詩者參考。風氣如此，顯示出頗受學詩者的重視。設置名目以討論詩法，雖說是晚唐宋初詩僧的愛好，但不能否定非僧人的詩人就不能用此名目來論詩。因此，若說黃庭堅「奪胎換骨」、「點鐵成金」詩法確有受到皎然「三偷說」的啟示，就非空穴來風了。

（五）高僧名望

釋皎然是唐代高僧，《宋高僧傳》卷二十九有傳[21]，稱其

「文章俊麗，當時號爲釋門偉器」，又云「子史經書各臻其極。凡所遊歷京師則公相敦重，諸郡則邦伯所欽。」按，《宋高僧傳》又稱《大宋高僧傳》，宋贊寧（919～1002）著，凡三十卷，是繼唐代《續高僧傳》之後，集錄由唐太宗貞觀（627～649）年中至宋太宗端拱元年（988）止，凡343年間之高僧傳記，對瞭解唐宋時期佛教興盛發展及其對政治、文化諸方面影響有重要的參考價值。是書始自太平興國七年（982）贊寧任右街副僧錄時，奉令回杭州編纂，撰成於端拱元年，前後歷時七年，宋太宗令僧錄司編入大藏經，賜絹三千匹，是當代盛事，時人無不知曉。

　　黃庭堅自幼即博覽儒釋道典籍，好學深思，始終兼具有儒道佛三家思想的涵養，與臨濟宗黃龍派僧人交往最爲廣泛深入，被祖心印可而成爲其法嗣。[22]作爲禪宗黃龍派法嗣的黃庭堅曾廣閱藏經，還閱讀了大量的禪宗語錄，並爲諸禪師作序，論詩又以講究句法見功力，以其一生學養，確信對唐代高僧釋皎然不會陌生，因而對其《詩式》也不會陌生的。

肆、才淺難書千古秘，丹心付予畫公言

　　黃庭堅「奪胎換骨」、「點鐵成金」詩法，大陸學者多數以爲得自道家與禪宗之啓發。[23]如前論述，筆者認爲名目術語固有借用佛道參禪悟道的妙語，但向學詩者指示學詩的具體門徑，其核心意涵肯定仍源自皎然《詩式》「三偷」之說。

《詩式》「三偷」之說，也有讚賞偷法高明者，「蓋詩人閫域之中，偷狐白裘之手」，皎然稱譽「偷勢」是「才巧意精，若無朕漇」，故曰：「吾亦賞俊，從其漏網。」筆者認為黃庭堅這三項詩家法寶，真正是偷法極為高明，「才巧意精，若無朕漇」，故而矇騙了不少學者。因為黃山谷就是窺入體悟皎然的意思，重新加以形容，從而好像意從己出。套用黃氏自己的詩學理論，這就是「奪胎法」。

　　在中國古代文學發展的全部歷程中，學習、借鑒、繼承、創新，是每一位作家都必須經歷而無法回避的問題。仿製原是正常的文學現象，甚且是一個歷練的大過程中不可或缺的磨礪階段。但仿製終究不成氣候，仿製必須再造，進而轉化為創意。仿製與再造的根本區別在於「自有境界」[24]。無論是「三偷」之說，或是「點鐵成金」、「換骨」、「奪胎」詩法，其核心用意都在強調「自有境界」。因此，吾人應予讚賞，毋庸挑剔。但由於皎然為中唐人，既已總結「借鑒」之道在前，黃庭堅生於北宋，又是博學之士，自不能免除「奪胎」之嫌。

　　行文至此，有感而賦詩一首，且偷坡公、遺山詩句，雖不免點金成石，見笑方家，而有言不吐不快，幸知音賞之。或曰非也，請不吝賜教。

　　三偷斷案有乾坤，覺起涪翁一點魂。
　　意似秋鴻來有訊，事如春夢了無痕。

詩家總愛奪胎法，釋子豈禁偷勢門？

才淺難書千古秘，丹心付予畫公言。

注釋

1　宋人吳曾《能改齋漫錄》直接質疑惠洪「奪胎換骨」說法，
　　認為奪胎換骨是蹈襲之事，而黃庭堅的詩法不應是如此。
　　吳曾〈議論──詩有奪胎換骨詩有三偷條〉詳見《能改齋
　　漫錄》卷三（臺北：木鐸出版社，1982年），頁54。又，王
　　師夢鷗《古典文學論探索》云：「因古今語材，倘或俗濫，
　　有時變其語法，猶或可補情格之不及，此則皎然所謂語意勢
　　也。三者之中，有偷語、偷意、偷勢之分。如世所知，此一
　　濟窮之遺說，竟為宋人闢一奪胎換骨法門。」（臺北：正中
　　書局，1984年），頁310～311。

2　見拙著《皎然詩式輯校新編》，（臺北：文史哲出版社，
　　1984年），頁39。

3　同前註，頁28。

4　詳見拙著《皎然詩式研究》（臺北：文史哲出版社，1988
　　年），頁129～134。

5　元方回《瀛奎律髓》批李白〈登金陵鳳凰台〉：「太白此詩
　　與崔顥〈黃鶴樓〉相似，格律氣勢，未易甲乙。」詳見李慶
　　甲《瀛奎律髓彙評》卷一，（上海：上海古籍出版社，2008
　　年），頁26。崔顥〈黃鶴樓〉：「昔人已乘黃鶴去，此地空
　　餘黃鶴樓。黃鶴一去不復返，白雲千載空悠悠。晴川歷歷
　　漢陽樹，芳草萋萋鸚鵡洲。日暮鄉關何處是？煙波江上使人
　　愁。」李白〈登金陵鳳凰台〉：「鳳凰臺上鳳凰遊，鳳去
　　台空江自流。吳宮花草埋幽徑，晉代衣冠成古丘。三山半落
　　青天外，二水中分白鷺洲。總為浮雲能蔽日，長安不見使人
　　愁。」這個〈鳳凰台〉真可以和〈黃鶴樓〉雁行無愧。李白

與崔顥爭鋒事，又見宋人胡仔《苕溪漁隱叢話》及元人辛文房《唐才子傳》。

6　同前書卷二十六，評陳簡齋〈清明〉曰：「嗚呼！古今詩人當以老杜、山谷、后山、簡齋四家爲一祖三宗，餘可預配饗者有數焉。」頁1149

7　《豫章黃先生文集》卷二〈次韻子瞻和子由觀韓幹馬因論伯時畫天馬〉，四部叢刊初編集部，（臺北：商務印書館，1965年），頁16。

8　同上註，頁203。

9　顧嗣立《寒廳詩話》收錄在丁福保編《清詩話》，（臺北：明倫出版社，1971年），頁86～87。

10　日本五山版《冷齋夜話》卷一，收錄在張伯偉《稀見本宋人詩話四種》，（南京：江蘇古籍出版社，2002年），頁17。

11　郭紹虞《宋詩話輯佚》下冊，（北京：中華書局，1987年），頁534。

12　同上註。

13　同註10。

14　同註10。

15　過張至秘校莊：「田家何所樂，箬笠日相親。桑條起蠶事，菖葉候耕辰。望歲占風色，寬徭知政仁。樵漁逐晚浦，雞犬隔前村。泉溜塍間動，山田樹杪分。鳥聲梅店雨，野色柳橋春。有客問行路，呼童驚候門。焚魚酌白醴，但坐且歡忻。」（《歐陽脩全集》卷二·居士外集一），（臺北：河洛出版社，1975年），頁192。

16　胡仔《苕溪漁隱叢話後集》卷十，收錄在吳文治主編《宋詩話全編》第四冊，（南京：江蘇古籍出版社，1998年），頁4021。

17　詳見拙著《皎然詩式研究》，頁43。

18　見魏慶之《詩人玉屑》卷之五所注，

19　同上註，頁51。

20　同註1。

21　贊寧《宋高僧傳》今收錄于大正藏第五十冊。又，贊寧《宋高僧傳》，北京：中華書局，1987出版。又有網路版，網址：http://ccubk14.brinkster.net/greatbook/V50/2061_029.htm。

22　參孫海燕〈心是幻法與自見其性-黃庭堅對佛教般若思想的吸收及其禪觀實踐〉，《中國文化研究》2009年夏之卷，頁54。

23　如周裕鍇〈奪胎換骨新釋〉，文史知識，2000年，第9期，頁93～95。又，邱美瓊、胡建次〈惠洪與黃庭堅的交遊及對其詩法的傳釋〉，河池學院學報，2005年6月，第25卷3期，頁53。

24　王國維《人間詞話》開頭即指出：「詞以境界為最上。有境界則自成高格，自有名句。」這裡說的雖是詞，但詩歌也一樣，詩家必須自有境界，非自有境界，古人亦不為我用。

回鄉偶書四帖——故居

故鄉從不張揚喧嘩
依舊藍天伴隨海沙
海風與海浪對語
海鷗與海豚戲嬉
兒時心緒依依
夜空銀河歷歷
夢裏是誰
頻頻問我
芭樂甜否
釋迦香否

回鄉偶書四帖 ── 風茹草

澎湖風
最神氣
風幾時起
風何時息
風從那裡來
風往那裡去
問誰
誰理
風茹草
多謝你

回鄉偶書四帖——仙人掌

兒時的誘惑
紅紅的禁臠
可以遠觀
不可褻玩
涼涼的冰品
伴手的好禮
垂涎三尺
目光一觸
幾時化身仙人冰
幾時化身仙人餅

回鄉偶書四帖——天人菊

實至名歸
菊島縣花
身軀瘦小卑微
承受天人道理
風起順風
雨淋沐雨
夏之日
冬之夜
守護故里
四時無懈

古詩改寫十六章 —— 宿建德江

小舟停泊
山嵐已下到沙洲
日暮黃昏
更加深客子鄉愁
原野空曠
天彷彿不及樹高
江水清澈
月似乎就在身旁

並蒂詩情

古詩改寫十六章——終南望餘雪

長安城上
有人眺望

雪止了
秀麗的白雪
飄浮雲端
柔媚的白雲
輕撫山巔

雪消了
林外雪霽景色
清麗如拭

雪融了
夜晚長安城中
寒氣更濃

古詩改寫十六章——送別

秋日山空
空山相送
帶回孤單的背影
隱沒孤寂的山中
一抹殘紅
投在虛掩柴門
悄悄靜靜寂寂
啊
路旁小草
來春翠綠依舊
唉
天涯遊子
能否把我憶起

並蒂詩情

古詩改寫十六章 —— 相思

南國秋天
相思落滿枝前
鮮紅鮮紅豆子
最能勾起那份深情
多多採擷
一粒贈君
入骨相思
知也不知

古詩改寫十六章——雜詩

靜靜地
萬籟寂靜無聲
伴隨節候
桂花飄落
寂靜無聲的夜空
寂靜無聲的春山
明月出來
山鳥驚疑
此起彼落的叫聲
啾啾迴盪在山澗

古詩改寫十六章——靜夜思

夜深人靜
萬籟沉寂
只剩床前月光
皎皎如霜
月娘透窗
抬頭仰望夜空
唯有這輪明月
陪我思念故鄉

古詩改寫十六章──怨情

美人兒呀
輕輕柔柔
捲起珠簾探頭
屢盼無人
憂憂愁愁
深坐皺起眉頭
傷心透
淚水落
愁情吞噬嬌容
似這般的日子
不知是誰
令她哭泣
不知是誰
令她心碎

古詩改寫十六章——獨坐敬亭山

眾鳥紛紛飛走
孤雲來去自在
寂寞啊寂寞
寂寞又有誰知
敬亭啊敬亭
敬亭我倆深情

古詩改寫十六章 —— 春怨

走吧
快走吧
黃鶯兒啊
別再
別再叨擾我美夢
在通往遼西路上
步步期待
期待相會
驚醒
竟是嘈嘈雜雜
啊
一切都是夢境
但就算是夢見
我也情願
快走吧
黃鶯兒啊
鶯聲別再亂我美夢

古詩改寫十六章——彈琴

清越的琴聲
自絃上泠泠瀉下
靜靜地
靜靜地
風入松林
凝神靜聽
淒清的松風
松風的淒清
曲高和寡
世無知音

古詩改寫十六章 —— 秋夜寄丘員外

夜空之下
秋詩篇篇
油然而生
對您的思念
獨自散步
歌詠涼天
深秋的大地
空曠的山裡
脫落松果
悄悄耳語
幽雅似您
應未入夢

古詩改寫十六章——問劉十九

新釀酒
慢慢溫
紅泥小火爐上
向晚時
彤雲密
白雪漫天而降
城中暮寒
這般氣候
來飲一杯最好

古詩改寫十六章——江雪

千山靜寂
冰天雪地
不聞鳥語
不見人跡
穿簑戴笠老漁翁
獨釣在寒江舟中

古詩改寫十六章——何滿子

三千里路程
二十年別情
鄉遠愁長
鄉愁斷腸
何滿子
淚不止
淒涼
徬徨

古詩改寫十六章——渡漢江

長期嶺外謫居
斷絕親人音訊
冬去春來
渡過漢江
故鄉已近
卻有說不出的情怯
故里逢人
反而不敢探求佳音

古詩改寫十六章 —— 玉階怨

傷悲
枯坐
玉般的石階
透明的深夜
白白
淡淡
滋生的露珠
冷清的秋月
露冷
夜涼
濕濕的襪子
寒寒的羅裳
放下
虛掩
水晶　璃簾
空明
澄澈
盈盈的秋月

緣結東吳四帖

——爲百年校慶而作

（一）

養天地正氣

法古今完人

相見因何而起

相知為何而深 ^{（註1）}

公車29路

載我來東吳

（二）

憶三十年前

來溪城是條窄路 ^{（註2）}

聯考做起點

士林為中途

雙溪橋上

隱約能見

三棟宿舍

五棟樓房

上課鐘聲敲一截短鋼（註3）

千餘學子會考大禮堂（註4）

（三）

行政大樓公務忙

語練教室書聲朗

光道廳內

聖詩頌揚（註5）

愛徒樓中

典冊飄香（註6）

心靈的宴饗

就在安素堂

（四）

冤家路旁

植的是木麻黃

大學道上

人來人往

多少麻雀已變成鳳凰

東吳百年

一生情緣（註7）

註1：「養天地正氣，法古今完人」是東吳大學校訓，亦東吳精神。余主持學系行政，在學生中推行良善生活，選拔並表揚德行足為楷模者，即深受本校校訓啟示，故云。

註2：此係一語雙關。民國56年大學聯考錄取率極低，而進入東吳校園先要走過一段狹窄道路。

註3：東吳大學沒有洪鐘，當時上下課的鐘聲都是敲打一截短鋼替代。

註4：當時期末考試是採行梅花座位，全校各系混合編排，集中在學生活動中心二樓大禮堂內。

註5：光道廳在今女一舍榕華樓下方左側，是昔日東吳基督徒團契聚會讚美上帝的地方。

註6：愛徒樓當時是全校藏書的總圖書館。

註7：余1967年進入東吳大學中文系就讀，1982年獲得東吳大學第一位國家文學博士學位；1979年起即在母系兼任，1992年返校專任，1998年接掌系務，今後若無意外，將自東吳大學退休，故曰「一生情緣」

夜讀七首

歲晚臘梅寒，孤燈一夜殘。
經年鑽故紙，萬卷暢遊觀。

燈前展冊讀，澗水伴鳴蟲。
月淡人家靜，秋詩來院中。

月靜四鄰寂，秋蟲催夢鄉。
青燈宵不寐，把卷細思量。

宵寒細雨飄，淅瀝灑芭蕉。
掩冊依窗下，故鄉萬里遙。

敲窗徹夕寒，冷雨伴燈殘。
依舊冬風夜，無眠故紙鑽。

夜靜高樓月，西斜照半牆。

無聲空四野，有夢入詩囊。

眠遲孤榻冷，吟苦伴燈寒。
不覺東方白，推敲仍未安。

溪城四時──春日

溪城春日麗，笑語送斜暉。
鳥囀聲聲樂，何須故里歸。

溪城四時──夏日

雙溪夏日灩，一徑出山城。
鳥囀聲聲靜，幾疑畫境行。

溪城四時——秋日

涼風秋日起，城外夜霜凝。
烏囀聲聲急，心中皎月澄。

溪城四時——冬日

溪城冬日晚，渚上鷺孤閑。
烏囀聲聲寂，丹楓頓失顏。

同林主任參加公共幸福會議赴金會長晚宴即席口占一絕

會長豪情氣萬千，同遊作客樂無邊。
清州景秀人溫暖，幸福長隨無盡年。

雙溪公園假山

黑石蒼松蘭草蓀，紅荷翠柳一池縈。
迎風舞鶴思棲止，雪翅方藏羽又翻。

種花

夏竹冬梅秋海棠，栽培四季滿庭芳。
此生若許騰驤願，不把江山用尺量。

移松

勁挺蒼松移錦盆，星寒月落又晨昏。
一身翠綠長如是，不謝精神告子孫。

觀蘭

平生最愛美玲蘭，午後移來著意看。
葉茂枝繁雖不及，床頭待放亦能觀。

詠菊

和露凝霜傲歲寒，娉婷孤影醉時歡。
風中顧盼知君意，獨舞一秋空自歎。

紅杏

紅杏枝頭春欲還，只求愉悅巧紅顏。
群蜂不解頻來問，寂寞空庭淚又潸。

盆栽四首

盤根錯節古榕奇，宛若虬龍出淺池。
不見黃鸝枝上叫，殷勤幸有主人痴。

峻嶺孤松絕壁旁，蒼蒼傲立迎風霜。
陶盆困汝難伸志，我亦憐君淚兩行。

栽培翠竹伴丹楓，偶遇垂絲偶見蟲。
頻喚老妻勤護理，風花雪月此盆中。

裁身修面向盆遷，百樹千花粧扮妍。
草木無心離故土，朝朝含淚問青天。

詠史五首

金牌十二報匆匆，鐵馬馳驅空戰功。
直搗黃龍翻作夢，偏安自滿老江東。

賦詩千首性情真，俊逸清新絕俗塵。

醉入水中尋月影，斯人無愧謫仙人。

艷色嬌姿傷往事，馬嵬腸斷奈何天。
他生緣會猶難料，寸寸相思已惘然。

昭君高義足千秋，出塞和親解漢憂。
墨客騰空攄己意，紅顏青冢豈勝愁。

紅顏一代艷容驚，豈可招兵破帝京。
惹得年年傾國議，將軍深負女兒情。

溪城賞春三首

綠滿雙溪萬物生，片雲自在鳥飛鳴。
涓涓流水清音奏，一曲輕歌快意聲。

山翠雲高萬物榮，岸邊花落滿盈盈。
肯將此景長相伴，細品溪城四季情。

幽境復聞鶯語逢，溪城處處見嬌容。
群芳相伴時時舞，一水清音情更濃。

徐國能簡介

徐國能，1973年生於臺北市，東海大學中文系畢業，臺灣師大國文博士，現任教於臺灣師大國文系。著有散文集《第九味》、《煮字為藥》；童書《字從那裡來》、《文字魔法師》及古典詩集《並蒂詩花》、《花開並蒂》等，編有《海峽兩岸現當代文學論集》，並曾獲國內各大文學獎，並獲中國文藝協會頒贈「中國文藝獎章」（散文類）。

談詩歲月

徐國能

　　任誰都必需羨慕我，我在學校裡的工作是教詩，和年輕的同學在欖仁葉的窗畔鎮日談詩，靄靄停雲，濛濛時雨，四季心情像葉隙的陽光因風而閃爍不定；語言在韻腳、節奏與行句之間來回，像踥蹀的步履，走在幽密的林叢——這樣的日子是何等的寧靜幸福。

　　談詩可以完全不涉實務，不必計較遠方的戰火，不必在意國際上日益緊張的金融情勢，不必介入社會上你爭我奪的紛擾，只需與那些喜愛藝術的年輕人，暢談從古到今，偉大詩人以靈魂淬鍊出的生命結晶，觀看他們從朝廷走入林泉的姿態；聆聽他們在松樹或飛瀑下奏琴的雅興；研究他們如何用文字捕捉白雲與幽石的互動，或是解釋夕陽中飛鳥的方向與自己的人生觀。

　　有時在清晨，有時在黃昏，夏日的早上雀鳥和鳴，世界與詩篇在晴朗中充滿朝氣；冬日傍晚的寒雲殘照，使那些字句也蒼古了起來，在夜幕低垂時深深領受了繁華與寂寞擦肩而過的況味。日復一日，流光似水，正所謂：「年年歲歲花相似，歲歲年年人不同」，看似平凡的詩，卻也因為不同的生命情境而產生了許多變化，有時我彷彿真正明白了詩人的

語義，有時卻更加惘然，那在歲月中、書頁間處處誌下的筆記仍然讓我遂迷不復得路。

然而詩雖有若滾滾紅塵中的空谷幽蘭，不涉於當前現實的利害得失，但詩並未忘記這個世界。詩對人間的關心，不是那些號稱「社會詩人」、「寫實詩人」的專利；任何一個偉大詩人都是涉世而悲憫的，只是詩人不以憤恚的方式來面對挫折、不以謾罵來表現他對世界的失望，只是要求自我對芸芸眾生的貪、嗔、癡有更多的包容與承擔，並在靜觀中求得每一件事物背後的眞義，讓自己從凡俗的人生，脫化爲開闊而超然的心靈，這就是古人常說的「境界」。

南宋的辛棄疾有一篇：〈清平樂・獨宿博山王氏庵〉：「繞床饑鼠，蝙蝠翻燈舞。屋上松風吹急雨，破紙窗間自語。　平生塞北江南，歸來華髮蒼顏。布被秋宵夢覺，眼前萬里江山。」辛棄疾是愛國詩人，一生爲國事奮鬥不休，然而最終卻也不免走上解甲歸田的隱退之路。在這篇作品中，詩人面對餓鼠、蝙蝠、風雨及破陋的環境，其實也就是他生命裡所遭遇的惡人和橫逆，以及老去而一無所有的人生處境。在這樣的時刻，詩人在黑暗中清醒，他不去怨懟人間對他滿腔熱血、一世豪情的辜負，仍然以有待收拾的壯闊河山作爲自己不變的使命。於此，我們不禁肅然了，在詩人面前我感到自己的渺小，我不免回想自己總是推諉責任，總是怨天尤人，總是狡猾地享受別人的辛勤成果卻吝於付出……。

面對世界，我們看見了什麼，那就是詩的境界；而透過

閱讀逼使我們看見真正的自己，那就是詩的目的。

在紅牆綠樹的校園裡，終日的視線，從教室的講臺到最後一排的同學，也只有幾公尺而已，但是詩裡的揭示的天地，卻是萬里無垠的。談詩的歲月，也曾耽美於枇杷釀成的旨酒，或櫻桃芭蕉的小院風情，但真正在我內心激起漣漪或形成風暴的，卻是那些在閒淡處把握真理，於平凡中顯盡人格的作品。我和年輕的同學終日聊著這些無關緊要的事，大家似懂非懂，但也就一起享受了人間的依約韶華。

油漆記

用一桶白漆
改變去年風雨的事實
那些漏雨的痕跡雖然早已乾成一道
長垂的淚
我還是羞愧地將它擦去

用一柄刷子
寫下獨白的詩
在粉牆前我彷彿領略了
禪
因此我留下了很多句子
白色的漆寫在白色的眼中
銀碗盛雪一般寂寞
雪地白牛一般龐大

用一點憐惜
擦去孩子牆上的塗鴉

那些可愛的線條遠勝世界名畫
其實我想留住的
是一些不能也不必留住的
但我還是期待著
漆漸漸乾後，有些什麼
會像歌聲般浮出霧散的海面

用整個夜晚
抹去一痕蚊子血
清清白白的月光掠去了夢
又到了寫詩的時刻
看那！
不經意滴落在地板上漆點
才是我生命裡
真正的淚

六月之歌

六月是一瓶晚風中醒著的白酒
在木質的桌上
寫了一半的詩行
猶帶一些未了

六月是瓶中落了一瓣的素馨花
在黎明的窗邊
已經寫到盡頭的信箋
沒有人發現

六月是夜來怡人的晚香
在遙想燈火輝煌處
一些約定
始終沒有實踐

六月是旅程
在地圖以外的地方
需索天空的枝枒
已悄悄走過

詩人節

夏宇説──詩人節，最不想作的就是寫詩了

黃昏是夏宇的黃昏
城市是遠方的城市

有一些什麼麼慢慢以旋轉的方式暈開
是夏天嗎?
抑或音樂，還是夜晚
的心情
不怎麼開朗如微黃的檸檬
向日落舉起
一杯草莓茶般香而不甜的節日

都已經要過去了
白晝
像過度擦拭的抹布
像廚房一隊急行軍的螞蟻
那樣微小的疲倦
不足道，卻也存在的悲哀
白晝，普落在紛紛的塵世裡

欲念從向光而背信
一如我的詩還沒進入正題

找出楚辭章句集注
在粽葉飄香的時刻讀一段湘夫人
在蛋立於子午瞬間時誦一段懷沙
在掛菖蒲的門旁論一段哀郢
我是獨腳跳舞的雞蛋
黏滿俗情的粽葉，靈感
很快就要枯乾的菖蒲
初夏渺渺兮，予懷何所寄
在又熱又涼的床上
在或冰或火的字裡

弄些什麼音樂來歡唱吧
隱約的卡拉OK似哭似笑
醉或不醉，都不該再為謠言憂傷
美人的遠去應該行吟澤畔嗎
流行歌是一部天問
還是滄浪

詩人之節，無關步韻
我是行走在江水中的倒影

活在詩人的注視裡
一句暈開的詩中
渺渺兮予懷
遁逃的行色在夜的披風裡隱匿
初夏勾起的往日
既不比屈原偉大
亦不若夏宇微小
反正，反正
寫了一首壞詩
就可以做《備忘錄》中的歹徒甲了
就可以堂堂正正愛一個人或
聽一段舒伯特漫長的琴

生活航向

有些我們越過的小徑
從此不再回來了
妳牽著我的手，順著童話中的野花
又帶我回到昨天漫遊的湖岸
妳要我摺一條小船
當作時光上的方舟

如果有一天，洪水退盡
我們就會有一些稀奇的種子
我們可以像上帝一樣為它們命名
決定花開的時節與零落的顏色
也可以決定--剪刀、石頭、布
讓哪一種喜悅或悲傷，深深落在
我曾輕狂，但卻已為妳溫柔的心中

立夏

站在夏天的邊緣
略感殘破

吹來的風都很溫暖
消息卻未必如此

芒果已經散發著甜香
夜就像手風琴

明信片的另一面是海
心的另一面是遠航

翻開一本舊書
眉批上寫著:就算如此

黎明很亮
我夢見妳的笑容

有什麼遠去了

當新的一切來到告訴我他的來到

問人們為何這樣和樂喜悅
市聲是搖曳的風鈴草

所有的草莓都被笛聲帶走
所有的下午茶不禁沉默

最後聽一首無言歌
我把心留在舊金山

懷想

——紀念五四

穿過樹林
是我們熟悉的海
浮浪陌生的夏天
全然地開闊，像青春
晴朗而不炎熱
不必問可以或不可以
妳說那是自由

穿過黑色的洋流
是我們寂靜的，野風
撲亂火炬如我們的目光
誰在遠處的微光中低沉而嘶啞地歌唱
觸動了中年的鄉愁

沒有手掌可以握住一首詩
沒有淚可以灌溉
五月　多麼地遲疑
我的心被懷念擦亮成靜夜

詩是我的光年，容許一個願
明天過了，海就要荒蕪

穿過小徑
來到和自己相約的樹下
在昨天的心裡展開寂寞的巷弄
延展無聊的眺望，屬於心的年紀
為何總是很快就必須別離
但為何總是一再想起

詠歎的五月，淡似回顧
在來不及呼喊的時後便做一個夢
在無法嘆息時便穿過樹林，走向
陌生的海　遠去的笑聲
（總有一些失落的細砂在風裡
抵達了一個遙遠而安適的他鄉，不必表決什麼）
在一支波濤如吟的歌裡
（在五月，還未最深的時候）
年輪已一致通過
將我刻在悲哀最深的那一圈中

　　　　　　　　　　　　　並蒂詩情

梔子花，茉莉花，野薑花

安安靜靜
恍若短暫的一生……

有些人生已走得很遠了
有些始終停駐在一個簡樸的心裡
當時光與時光交接的剎那
有些遺憾始被記起

從來沒有理解過
愛的原因
沒有詢問夜色
如此安靜地持續神思
在一杯茶裡感覺，抵岸的木舟
對潮水輕聲嘆息

我已沒有
失去什麼的恐懼，沒有
得到什麼歡欣，譬如綠葉中的素馨
從不擔憂夜色，或者黎明

只有獨向遠方的流水
約略懂得，在記憶裡
我只是一種氣息
像黃昏低遲的鐘
像木紋細微但寂寞的存在

清泉的心　朝露的夢
我把年少不覺吟成過於甜美的詩
在季節與季節交遞的時候
（花夢也曾託付給妳嗎？）
也不曾問過
風的方向，或是
一個笑容裡的滄桑
我只想輕輕撫摸妳的臉頰
像稀薄的光，像退潮的浪
這樣我便記起了方向，安安靜靜
恍若一生的
離去

並蒂詩情

小情詩

——為已經不是兒童節的兒童節

不在乎比別人窮一點
因為今天的玫瑰是奶油色的
不在乎比別人醜一點
因為已準備好要吃一個草莓塔的心情

對於日日夜夜不斷改換的世界
不在乎晴天或是下雨
反正有一張明信片已寫好名字
隨時可以寄去時間的遠方

誰沒有悲傷的時候呢
那時就手牽著手，去看長頸鹿的家
或是拿一些彩色紙，打一些洞
瞇著眼睛就能看見老鼠公主殿下的舞會

我有一個藏在抽屜裡的故事
在4月4日便像小丑一樣彈出來
我有一首像齒輪一樣的歌，像早晨

誰都不許拒絕聆聽

小老鼠,小花貓,小女孩
在胡桃木書櫃上點起一根故事蠟燭
不在乎比別人溫柔一點,古典,甚至悲傷一點,
因為所有的詩都為你輕聲
輕聲微笑

青年節

—— 獻給鄒容，和他的《猛回頭》

窗前的紅茶花在夜裡無聲謝落
就像一枚頭顱那麼鮮豔，完整
提醒春天的意義是
革命

卿卿如晤、馬刀、細雨、滿街狼犬……
高中的國文課刪除了這些
如今前衛的音樂，怪異的服飾，小筆電等等
每天進攻我陳舊的府衙，逼我遜位

誰教我把口岸租借給了歲月
把鴉片賣給夢的子民
修一部欽定的憲章，任命煩亂與疲倦
當我的國務總理大臣

夜裡，我偶爾會溜出深宮
到割讓給部落格的租界區溜達
聽一些西文歌曲，用千里鏡眺望密謀推翻我的

青春的革命黨，有時我也化妝成他們

在學堂裡呼呼口號，趁晨霧未散前溜回床上
假裝熟睡，騙過逐日凋零的理想衛兵
直到現實的太陽升起，用一個呵欠
聽取春天報告昨夜又斬下多少頭顱

太無趣了，民國98年3月29日的中樞紀念儀式
據說家樂福有一場大拍賣
據說動物園有貓熊跳舞表演
據說豬哥亮又失蹤了
據說瑤瑤要化裝成日本明星去開球
據說有一場就業博覽會提供40000個工作
據說有一位卿卿和別人家的漢子十指緊扣
據說據說據說據說據說據說
他奶奶的
通通拖下去斃了

沒有靈魂的時代，就像
一顆打進我府臺衙門的子彈
我輕輕拾起，和童年的乳牙收做一處
為往日……

初春花園

初春底花園
是潮濕而凌亂的上帝的衣襟
綴滿顏色鮮豔，相互糾葛的情感
整個下午，像一場小雨
沒由來地打濕了荒蕪許久的寂寞

樹與樹對話
用天空裡殘雲的冥想
石像爭辯於青苔
於時間或是不朽等等的議題
他們的民主素養不是很好

讓我們唱歌吧！
給急著長大急著老去而不明白死亡是什麼的學生
一些曼妙的音符，像雨那麼細，春天
像絃上已不被在意的輕顫那麼永恆
如果心是一口老舊的箱子

就讓它收容一些什麼落花之類的事物

或是取出一些什麼晴空之類的感覺
或是關上一個只想走臥在夢裡的自己，打開
如戀愛般假裝歡喜的樣子
反正，總是會有那麼一個時刻

上帝的午睡
許多事物偷偷地凌亂了起來,雖然
一切如此安詳，哎～～許多事物
總是在一個沉默而安詳的時刻
悄悄走遠，而不
告別

開學日

那些流浪的仙女終於回到她們的故事裡
那些野獸，遲疑地回頭
沒有小雨的開學日
晴晴的陽光像一篇溫和正面的校長致詞

我仍然握緊青春的手
像昨天，或是更遠的日子那樣拍打生命的節奏
櫻樹也如昨日開成傳說裡的繽紛
那是我曾處處誌下又故意遺忘的記號之一吧

誰願意為我唱首整齊畫一的歌
肅然面對二月的心情
或是就隨著一些愛情的藉口
繼續逃學

繼續偷偷地寫日記，並且想妳
一切都還安好嗎
就要見面了，總是怯情於久違的相逢
而那不是異鄉人才有的怔忡嗎……

玫瑰頌

一瓣人間的浮華
一瓣滄桑
一瓣昨夜的鬢影
一瓣迷茫

世界的雨落在心的海洋
深邃而悠遠
是凝視的方向
一瓣透明的等待

笑靨或是波紋
馨香抑或遠逝的風
面對雨的時後總想知道
沉默是誰的名字

歡樂如青春的旋律
縱情如死亡的安靜
一瓣秋色的回憶
一瓣愛情

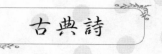

重九有感

陵夷當此日，無處可登高。
滿目不平氣，蘢茲向濁醪。

二

不飲菊花酒，休臨落帽風。
漫行塵世裡，漸愛晚林空。

夜雨

花靜深秋老，人間往事稀。
平生對夜雨，漫覺意多違。

其二

燈如夢裡事，事似雨中梧。
搖曳非吾願，蕭蕭是我吁。

夜飲共賦

清江逐夜長，步月詠蒼茫。
疏雨得新字，輕潮續舊章。
年催人競遠，風拭葉爭黃。
他日停雲賦，應思此夕霜。

俠客詠

白馬金鞍玉面郎，人如秋水劍如霜。
恩仇事了拂衣去，古鏡寒燈寫晚妝。

其二

紅紗帳裡對青娥，綠柳樓中臥鐵戈。
駿馬西風無姓字，秣陵人遠夕陽多。

偶題寄人

中年心事本栖遑，常恨春來更惋傷。
多少繁華紛落去，人間依舊太匆忙。

其二
坐關原欲破心魔，一覺春遲日已多。
寂寞花開啼血色，初回首識曼陀羅。

其三
處處春心處處灰，常思往事半成哀。
中宵不寐怕幽夢，多少平生歷歷來。

有贈

幾處春風幾葉舟，幾番細雨幾絲愁。
幾杯淡酒幾多恨，幾度空望幾上樓。

四月江南綠柳時，西湖處處有新詩。
看花把酒繁煙外，春到爛漫都不知。

情人節

春光澹蕩有情天，花語紛紛說宿緣：
「莫教芳心隨水去，徒留淚影憶華年。」

其二
燒香問卜太勞神，凝睇思量嘆息頻。
誰解繁花看盡處，沉吟只為一心真。

其三
癡心本自是多情，芳草年年倚恨生。
厭盡輕狂小兒女，玫瑰夜語太卿卿。

秋熱

菊月炎陽不可當，晴天萬里白雲長。
浮生聊賴闌干曲，綠樹瀟騷待晚涼。

其二
悠悠自愛獨登樓，一片塵埃是九州。
何處薰風解吾慍？何時好雨阜民儔。

重經東吳有感

——赴東吳大學聆賞音樂演出，忽憶二十年前於此首
　次參加「大專聯吟」，詩題「種竹」，韻限十二
　侵，感賦。

尋詩曾到外雙溪，隱隱秋山帶晚堤。
今日重來水猶淥，西風袖底正淒淒。

其二
二十年來問素心，可曾詩罷倦遊吟？
當時綠竹無心種，未料青青一片林。

其三
橋邊有客擲漁竿，白荻叢中釣早寒。
回首蒼茫行萬里，紅塵盡處是風湍。

吳東晟簡介

民國六十六年生，臺中霧峰人（本籍南投名間）。曾任國家臺灣文學館「《全臺詩》蒐集整理編輯出版計畫」專任助理，現爲成功大學中文所博士候選人，《乾坤詩刊》

古典詩集《愛悔集》新書發表會上所攝，地點：南投市虎山藝術館。拍照日期：97.1.19

古典詩主編，《全臺詩》編校委員，成大中文、南實踐博雅學部、嘉藥通識中心兼任講師，並參加臺灣瀛社詩學會、彰化縣詩學研究會等多個民間詩社。創作以現代詩及古典詩爲主。現代詩曾獲全國大專學生文學獎、耕莘網路文學獎、乾坤詩獎、全國學生文學獎、彰化縣磺溪文學獎、臺南市府城文學獎、花蓮文學獎等；古典詩曾獲教育部文藝創作獎、臺南縣南瀛文學獎、台北文學獎、南投縣玉山文學獎等。著有現代詩詩集《上帝的香煙》、古典詩集《愛悔集》。個人部落格「東城樂府」，網址：http://mypaper.pchome.com.tw/news/wdc2015/

第20屆金曲獎傳統藝術類頒獎典禮會場所攝，作者
（左一）以歌仔戲唱詞〈琴棋書畫〉入圍「最佳作詞
人獎」，右為歌仔戲知名演員李靜芳。拍照日期：
98.6.6
（註：〈琴棋書畫〉收入歌仔戲旦角專輯《歡喜咱來學
阿旦，珠圓玉潤阿旦歌──李靜芳個人唱唸專輯》中）

並蒂詩情

鹽分地帶的傳統詩社

吳東晟

壹、前言

「鹽分地帶文學」此一名詞的提出，原指活躍於日據時代臺南州北門郡的新文學。北門郡下共有六街庄，分別爲北門庄、學甲庄、將軍庄、七股庄、西港庄、佳里街，即今日臺南市北門區、學甲區、將軍區、七股區、西港區、佳里區。文學特徵上則表現爲以鄉土文學爲主的現代文學。然而鹽分地帶的古典文學活動，亦相當盛行。葉笛〈憤怒的詩人林芳年〉指出：「鹽分地帶的文學傳統可以分成兩個陣營，一個是傳統的漢文學，這一派人有王炳南、吳萱草、洪權、王大俊等人。他們曾在鹽分地帶設立過登雲、學甲、竹橋、將軍等四個詩社。其中林泮（筆名林芹香）、鄭國禎（筆名鄭靜夫）爲佼佼者。另一派就是在臺灣文學運動影響之下產生的新文學作家。」[1]

值此臺灣文學研究日益深化之際，拓廣鹽分地帶文學之包涵範疇，似有其必要。鹽分地帶新文學家吳新榮先生，其父吳萱草，即爲有名的古典詩人。他與王炳南、王大俊等人於1912年創辦的「嶼江吟社」，首開此地地方詩社的創社風

氣；一百年來，鹽分地帶陸續出現嶼江吟社（該社演變爲蘆溪吟社、白鷗吟社、琅環詩社、佳里吟社、鯤瀛詩社）、竹橋吟社、學甲吟社、登雲吟社、鯤江吟會、竹林詩學研究會、將軍吟社、玉光吟社、台南縣國學研究會、慶安詩社等多個古典詩社，起到了維持傳統漢學、敦睦地方人士、培育在地詩人的作用。其成果不可謂不豐。本文的目的在指出鹽分地帶有哪些傳統詩社，他們活動情況如何，他們以詩會、課題催生出哪些課題詩與擊缽詩？本文願鉤勒出鹽份地帶古典文學發展之輪廓，以作爲進一步深入研究之基礎。

貳、鹽分地帶傳統詩社概況

2004年，時任鯤瀛詩社名譽社長、臺南縣國學會會長的傳統詩人吳中，應龔顯宗教授之邀，撰寫〈臺南縣詩文社沿革誌〉[2]一文，以供編纂縣志之參考。該文以表格方式，扼要介紹嶼江吟社以來臺南縣所有傳統詩文社之概況。此處據該文，摘出鹽分地帶六鄉鎮之詩社，簡要介紹如下：

一、**鯤瀛詩社**（前身爲嶼江吟社、蘆溪吟社、白鷗吟社、琅環詩社、佳里吟社）

該社1912年成立於北門嶼，成立時代表人吳萱草，發起人王炳南、王大俊、吳溪（百川）、李舉（瑞超）。成立時名爲「嶼江吟社」（北嶼吟會、北門吟會）。

「1914年」，因社團幹部王炳南、王大俊，「自北門嶼移居將軍庄」，該庄位沿蘆溪（將軍溪），因改稱「蘆溪詩

社」。社員12人。

1921年，地方制度改制，北門嶼、蕭壠二支廳合併為北門郡，置郡役所於佳里街。因改組為全郡性的「白鷗吟社」。社長吳萱草。其後王炳南亦曾任社長。當時社員32人[3]。1937年進入戰爭時期後，中止活動。

光復後，避難海外之原社友陳昌言、陳峻聲等紛紛回國。1947年重新組織，更名為「琅環詩社」，社長吳萱草，顧問王炳南，社址設於佳里鎮金唐殿廟室。

1960年，改組為「佳里詩社」，社長徐青山，副社長黃生宜。

1961年，改組為「鯤瀛詩社」，社長吳新榮，副社長陳昌言、黃生宜。1967年，吳新榮社長過世，由黃生宜繼任社長，陳進雄為副社長。1972年，該社重整社員名籍，吸收新進社員，聘魏順安為名譽社長，吳中（登神）為總幹事，吳仙化、吳應民為幹事。1985年，黃生宜社長過世，由吳中繼任社長，聘高育仁為榮譽社長，吳應民、陳明合為副社長，洪高舌為總幹事。

1989年，為向臺南縣政府登記立案，改組為「鯤瀛詩會」，仍由吳中出任理事長（社長）。

1991年，正名為「臺南縣鯤瀛詩社」，仍由吳中出任社長。1997年，改選由陳敏璜任社長，聘吳中為名譽社長。至2004年，有社員91人，社友三百餘人。現任社長由吳中出任。

二、竹橋吟社

該社1919年成立於七股，由陳哮（峻聲）創立，並任社長。有社員十餘人。曾與北門郡其他詩社整合成白鷗詩社。

三、學甲吟社

該社1933年成立於北門郡學甲庄慈濟宮閱報所。發起人兼社長謝源（斐元）。社員人數約二十人。曾與北門郡其他詩社整合成白鷗詩社[4]。

該社日據時期較為活躍，至光復後仍存在，1976年尚有謝和美、傅台光以該社名義於《詩文之友》刊登廣告。

四、登雲吟社

該社1934年成立於佳里街佳里興。發起人兼社長莊薦。社員十餘名。曾與北門郡其他詩社整合成白鷗詩社[5]。1935年，該社顧問兼講師邱水（濬川）過世，遂瓦解。

五、將軍吟社

該社1935年成立於北門郡將軍庄金興宮（創立時，登雲吟社邱濬川已過世）。發起人吳丙丁，歷任社長：吳丙丁、吳國卿。顧問王炳南、王大俊、吳萱草。社員二十餘名。曾與北門郡其他詩社整合成白鷗詩社[6]。今已停止活動。

六、竹林詩學研究會

該會1936年成立於北門郡西港庄大竹林。發起人兼社長郭良榮。社員十餘人。以教授漢學、詩學為主，聘周全德為老師，兼辦詩社活動。日據時期時即已停止活動。

七、鯤江吟會

該會1934年成立於北門郡北門庄蚵寮。發起人涂捷三。日據時期即已停止活動。

八、北門吟社

見《鯤瀛詩文集》所錄〈日據時代臺灣詩社成立年表〉，僅知於日據時期成立於臺南北門，餘不詳。疑即嶼江吟社。

九、玉光吟社

該社1956年成立於佳里，發起人陳哮（峻聲）、鄭國滇（靜夫、鵠程）、黃標（秋錦）、侯振堯、黃武雄、侯舜夫等。社長陳昌年（字玉光）。社員二十餘人。創立未久即不見活動。

十、臺南縣國學研究會

該會1983年成立於臺南縣北門鄉南鯤鯓代天府。發起人：蔡清海、黃生宜、吳中、洪鑾聲、陳清舜、劉愛嬌、蔡熊雄、曾德義、宋榮造等。歷任會長：蔡清海、吳中、陳敏璜、吳中、莊秋情（現任）。社員八十餘人，以弘揚國學、推廣臺灣漢語為宗旨。因鑑於臺南縣傳統詩社尚在活動者，僅剩鯤瀛詩社、月津詩社、南瀛詩社輪流舉辦詩人聯吟會而已，因此另成立全縣性質的詩社，即臺南縣國學研究會。首任會長，即月津詩社社長蔡清海；後續接任之會長吳中、陳敏璜，皆曾擔任鯤瀛詩社社長。該會成立以來，配合鯤瀛詩社，年年假南鯤鯓代天府舉辦全國詩人大會，迄今未間斷。

十一、慶安詩社

該社1986年成立於臺南縣西港鄉慶安宮。社員14人。發起人：吳應民、莊健二、呂春福、周水成。首任社長吳應民、副社長吳仙化、總幹事呂春福。成立以來，曾舉辦二次全國詩人大會。現仍活動中。現任社長徐松淮，副社長呂春福。

附：南瀛詩社

該會1951年成立於新營家事職業學校大禮堂，發起人為高文瑞（時任臺南縣長）、李漢忠（步雲）、呂左淇等。為整合全臺南縣各社所成立之縣級詩社。社員一百餘人。歷任社長為高文瑞、劉博文、李漢忠、陳進雄（現任）。此社原非鹽分地帶之地區詩社，然與鹽分地帶傳統詩有緊密關係。為後文敘述方便，附簡介於此。

參、〈臺南縣詩文社沿革誌〉相關問題辨析

上述介紹，雖綱舉目張，然細考之下，似有互相矛盾處。筆者不揣翦陋，就文中疑義處，提出幾點辨析。

一、「竹橋吟社」是七股之詩社？或是西港之詩社？

關於竹橋吟社屬於哪個街庄？有兩種說法。

其一、西港說　此說並無直接證據。然1926年10月10日《臺南新報》第1版，有徵稿啓事曰：「臺南州北門郡西港庄竹橋吟會，所徵左記詩題，望島內諸君子，不吝珠玉，多惠稿焉……交卷：臺南州北門郡西港魚市陳昌言收。」[7]則以竹橋吟會（社）為西港之詩社。但此說很可能是報社記者

根據徵詩收件人爲「西港魚市陳昌言」而斷定該社爲西港之詩社。

1930年10月26日《臺南新報》第1版亦有一則竹橋吟社的啓事，殊堪玩味。

徵，有其處而無其人，投稿者受其愚不知幾許，益使騷人灰心。吾社鑑此，敢將前題再徵，其意不外欲挽回前弊、聊鼓吹漢學耳。倘祈不棄，多惠珠玉幸甚。交卷 鹽水局義竹庄義竹躓道軒蔡清福收。

從此則啓事可知，竹橋吟社徵詩時，曾經擺過「有其處而無其人」的烏龍，致使投稿者受其愚弄。此雖爲四年後之徵詩啓事，所指「有其處而無其人」者，或非西港魚市陳昌言（陳昌言此時仍在社內活躍）。然竹橋吟社聯絡處之撲朔迷離，亦可略知梗概也。

其二、七股說　吳中〈臺南縣詩文社沿革誌〉，指出竹橋吟社創立於七股。其認定原因可能因爲該社社長陳哗（字峻聲）係七股庄長。陳昌言〈祝峻聲兄七股庄長重任〉[8]詩云：

政聲十稔得權宜，跬步猶防德不虧。
燕睞有誰能接武，蟬聯無間賴重持。
揚風準頌追僧綽，扢雅還期到牧之。

強看功成名就日，腹歌仍鼓口仍碑。

首句「政聲十稔得權宜」，作者自註：「兄任街庄長已十年。」六句「挖雅還期到牧之」，作者自註：「兄現為竹橋吟社長，故及。」綜合吳中〈臺南縣詩文沿革誌〉與陳昌言〈祝峻聲兄七股庄長重任〉二筆資料及周邊考證，可知：1919年，七股人陳哮創立竹橋吟社。翌年（1920）台灣地方行政區劃改革，陳哮出任七股庄長。1921年，竹橋吟社與北門郡其他詩社合併為全郡性質的白鷗吟社，然而竹橋吟社仍有獨立活動。1930年，陳哮蟬連七股庄長，社員陳昌言於《三六九小報》發表賀詩。詩中歌頌的重點，在贊美他既蟬聯七股庄長，又長期擔任竹橋吟社社長。

此說應較為堅實可信。蓋陳哮既長期擔任七股庄長，其所能運用之資源當在七股。若說他所主持的是西港的詩社，似乎於理不通。加上西港說的證據亦不夠堅牢，吾人應可判定該社即為七股之詩社。

二、「白鷗吟社」相關問題辨析

（一）成立時間為1921年？或1936年？

吳中〈臺南縣詩文社沿革誌〉「竹橋吟社」條稱該社之活動情形為：

於日據時期北門嶼、蕭壠兩支廳，改設北門郡後，與將軍吟社、學甲吟社、登雲吟社，聯合組織全郡性之白鷗吟社。雖為聯合，然於必要時，各社仍各自活動，該社可能於

日據時代即停止活動（時間民國二十六年）。

　　黃生宜詩集《生宜吟草》中，收錄1981年9月12日《臺灣時報》「南縣新聞版」黃生宜出版詩集之新聞報導，亦指出白鷗吟社的成立時間為1921年。

　　他（按：指黃生宜）說：臺南縣鯤瀛詩社，七十年中改組六次，民國一年創設嶼江吟社，由王大俊任社長；民國三年改稱蘆溪吟社，王炳南任社長；民國十年改稱白鷗吟社，吳萱草任社長；民國卅六年改稱琅環詩社，吳萱草任社長；民國四十九年改稱佳里詩社，徐清山任社長，黃生宜任副社長；民國五十一年改稱鯤瀛詩社，吳新榮任社長，黃生宜任副社長；民國五十六年改組稱為鯤瀛詩社，黃生宜任社長至今。[9]

　　據吳萱草之子吳新榮編〈雙親壽譜〉，大正十年（1921），吳萱草33歲時：

　　北門郡之詩社統一改組為「佳里白鷗吟社」，父親被推為社長。[10]

　　綜合以上敘述，「似乎」可得出一個綜合的結論：1920年，北門嶼、蕭壠二支廳合併成北門郡。1921年，北門郡將軍吟社、學甲吟社、登雲吟社，與原有的蘆溪吟社、竹橋吟社，聯合組織全郡性之白鷗吟社。

　　然而以上敘述是有問題的。據吳中〈臺南縣詩文沿革

誌〉所稱，將軍吟社成立於1935年，學甲吟社成立於1933年，登雲吟社成立於1934年，果如此，怎麼可能在1921年就與蘆溪吟社合併成爲白鷗吟社？因此上面三條資料所敘述的，其實應是兩件事。

第一、1921年，蘆溪吟社改組爲白鷗吟社。當時全北門郡的詩社只有兩個：一爲原蕭壠支廳的竹橋吟社，另一爲原北門嶼支廳的嶼江吟社（後遷至蕭壠支廳改名爲蘆溪吟社）。如果1921年的白鷗吟社是「北門郡之詩社統一改組」而成，那麼只能是統合了蘆溪、竹橋二社，而不是統合了「將軍吟社、學甲吟社、登雲吟社」等社。

第二、後來白鷗吟社是否統合「將軍吟社、學甲吟社、登雲吟社」等社而成爲一個新的詩社呢？吳榮富〈漁村詩人王炳南先生詩初探〉一文，提及王炳南詩社經歷時曾說：

> 大正元年，與吳萱草、王大俊等創立「嶼江吟社」，大正三年又與王大俊創立「蘆溪吟社」。民國二十四年爲「將軍吟社」顧問，民國二十五年，北門地區整合五社成「白鷗吟社」，他也被聘爲顧問。[11]

此處所稱，「民國二十五年」，北門地區整合「五社」成白鷗吟社，顯與民國十年（大正十年，1921）「北門郡之詩社統一改組爲佳里白鷗吟社」不是同一件事。首先此條敘述的時間點爲1936年，其次指出是由「五社」（而非二社）

整合成白鷗吟社。考《詩報》所載，所謂1936年五社整合，應是指「曾北六（五）社聯吟會」之事。然「曾北六（五）社聯吟會」，至少在1935年就已出現。前文敘述或許因撰稿時掌握資料至1936年，故將時間點斷在1936年。

　　因此，前述三條資料，如果不稱竹橋吟社「與將軍吟社、學甲吟社、登雲吟社」聯合改組的話，所指的就只是1921年竹橋、蘆溪聯合改組為白鷗一事。但因牽扯到將軍、學甲、登雲等社，因此等於是將曾北五（六）社聯吟會與白鷗吟社混為一談。此一敘述，影響所及，便成為吳榮富〈初探〉一文所說「北門地區整合五社成白鷗吟社」，並將時間點置換為1936年。

　　至此，本文嘗試就上述資料，釐清並重新敘述之：

　　1912年，北門嶼支廳的嶼江吟社成立。1914年，嶼江吟社遷至位於蕭壠支廳的將軍溪旁，改稱蘆溪吟社。1919年，位於蕭壠支廳七股庄的竹橋吟社成立了。1920年，北門嶼、蕭壠二支廳，以及麻豆支廳部分區域合併為北門郡。1921年，蘆溪吟社、竹橋吟社整合成以蘆溪吟社為主體的郡級詩社──白鷗吟社（但竹橋吟社仍存在）。

　　1921年起，北門郡此一地域內，既有郡級詩社白鷗吟社，又有街庄級詩社竹橋吟社（七股庄）。到1933年起，陸陸續續又出現新的街庄級詩社：學甲吟社（學甲庄，1933）、登雲吟社（佳里街佳里興，1934）、鯤江吟會（北門庄，1934）將軍吟社（將軍庄，1935）[12]。西港庄雖無詩

社，但1936年成立「竹林詩學研究會」，平日以教學爲主體，兼辦詩社活動[13]。

1935年起，行之有年的「曾北聯吟會」，因應街庄級詩社林立的現狀，改爲「曾北五（六）社聯吟會」。並有聯合擊缽、聯合月課。因諸社聯合，北門郡中又以郡役所所在地的白鷗吟社爲主體，因此給人一種感覺：北門地區六街庄的詩社又重新整合，統合在白鷗吟社的旗幟下，因此被認知爲「1936年整合爲全郡型的白鷗吟社」。實際上，此次統合指的是曾北五（六）社聯吟會。

（二）「曾北聯吟會」與「曾北五（六）社聯吟會」

1933年之前，北門地區可能並無街庄級詩社的意識。雖然七股庄有竹橋吟社，然而一街庄一詩社之風氣並未蔚然成風。1928年，曾文郡麻豆街成立「綠社」。創社初期，與北門郡的郡級詩社白鷗吟社共組「曾北聯吟會」。考《詩報》、《三六九小報》所載，1931年，報端已有「曾北聯吟會」之擊缽詩作。但到了1933年開始，北門郡內各街庄陸續成立詩社。因此在原有的「曾北聯吟會」之外，又出現了新的「曾北五社聯吟會」與「曾北六社聯吟會」。

關於「曾北六社聯吟會」，吳中〈臺南縣詩文社沿革誌〉「麻豆綠社」條云：

民國二十四年與佳里興「登雲吟社」、佳里「白鷗吟社」、七股「竹橋吟社」、將軍「將軍吟社」等五社，共組

「曾北六社聯吟會」，每月輪值擊缽。

上述引文，遺漏一社。所遺漏者應為學甲「學甲吟社」。蓋1935年，吳萱草東遊日本東京，在報端分別發表〈東渡留別綠社吟友〉[14]、〈東渡留別學甲吟社友〉[15]、〈上京留別竹橋、將軍、白鷗三吟社友〉[16]、〈東渡留別登雲吟社友〉[17]等詩，並獲將軍吟社吳丙丁[18]、白鷗吟社陳文潛[19]、白鷗吟社洪子衡[20]、登雲吟社邱濬川[21]等人的和詩回贈。由此可以推知：綠社、學甲、竹橋、將軍、白鷗、登雲等六社，平時是互通聲氣的詩社。

除六社聯吟會外，更常出現的是曾北五社聯吟會，但少掉的是哪一社，則不確定。依常理，應是最晚成立的將軍吟社（成立時間在1935年4月以前）。考《詩報》及《臺南新報》所載，「曾北五社聯吟會」之作品，最早見於《詩報》第93期，最晚見於第148期[22]，時間為1934年11月至1937年3月；「曾北六社聯吟會」之作品，見載《詩報》第111.112.113.132期（其中《詩報》第111.112期刊載之作品，亦刊登於《臺南新報》），時間為1935年8月至9月，以及1936年7月。在時間上，「六社聯吟」出現於將軍吟社成立之後。因此第六社，應可合理判定就是將軍吟社。

比較可以注意的是，在《詩報》上，「曾北五社」、「曾北六社」兩種說法都存在，且以五社之說更為常見，包含之時間範圍亦較廣。

（三）「白鷗吟社」與「曾北聯吟會」、「曾北五 （六）社聯吟會」的關係

　　由於「白鷗吟社」是郡級詩社，它爲什麼會和街庄級詩社合辦聯吟會，便頗令人好奇。難道它已經降爲街庄級詩社了嗎？否則何必和其他詩社聯合呢？它既是郡級詩社，直接與綠社聯吟，不就達成所謂曾北六社聯吟的效果了嗎？

　　這個令人困惑的問題，在文獻上缺乏直接的說明。吾人只能合理的猜度：詩社活動中，免不了有「大頭症」的現象。詩人如果能冠上一社之長的頭銜，在詩壇中總是顯得較有一席之地。因此，明明已經有郡級詩社，但不能阻止街庄級詩社的出現。在人情義理上，街庄級詩社成立時，郡級詩社詩人也會出席致詞，致贈賀詩。如學甲吟社成立時，「由白鷗吟社長吳萱草以下，吳乃占、洪子衡、李瑞超諸氏起述祝辭」[23]；登雲吟社成立時，白鷗吟社洪子衡於報端發表賀詩〈祝登雲吟社成立並呈諸君子〉[24]，然該詩首句即云「詩城割據會群仙」。「詩城割據」一語，殊堪玩味。如果街庄級詩社是由素諳風雅的街庄長所倡立（如七股竹橋吟社，由庄長陳哮創立），那麼該社實際上所能動用的資源也是很明顯的。

　　白鷗吟社於報端刊布的擊鉢詩及課題詩，在《臺南新報》者，爲1923年7月6日至1924年9月12日之間（1926年又曾刊登該社新聞兩次）；刊登在《詩報》者，見第6.20.21.29期。時間爲1931年2月至1932年6月。1932年9月15

日的《詩報》，刊登了王大俊〈喜白鷗吟社重開擊會賦呈諸子〉詩，則知白鷗吟社曾經歷經中斷。重開以後，開始和綠社合辦「曾北聯吟會」[25]，而白鷗吟社自身的擊缽詩會，見諸《詩報》者，只有1932年11月15日的〈秋熱〉，以及1934年9月15日的〈賞花王〉。

換句話說，自從1932年開了「曾北聯吟會」，白鷗吟社自身的活動就趨於寂寥；而從1934年11月開了「曾北五（六）社聯吟會」之後，白鷗吟社自身的活動，更是消聲匿跡。反而新興的街庄詩社學甲吟社、登雲吟社、將軍吟社、乃至竹林詩學研究會，不斷有擊缽及課題詩稿刊布。據此而推，我們可能會得出一個與事實完全相反的結論：1934年統合之後，所有吟社都還在，只有白鷗吟社不見了。

但這顯然不是事實，事實應該是：白鷗吟社的活動，存在於「曾北聯吟會」及「曾北五（六）社聯吟會」中，而且在各街庄級詩社間，經常扮演主導的地位，致使後人留下這麼一個印象：「1936年，北門郡五社統合為佳里白鷗吟社」。此後，白鷗吟社的擊缽與課題，就是曾北聯吟會、曾北五（六）社聯吟會的擊缽與課題，而不再有自己的社內活動。

三、登雲吟社與邱灔川的關係

〈臺南縣詩文社沿革誌〉「登雲吟社」條稱：

該社於民國二十三年四月成立，即開擊缽吟。有〈冬日

書懷〉、〈琵琶〉、〈鐘聲〉、〈冬柳〉、〈遊春〉等數十題。民國二十五年十二月四日發行課題：〈瓶花〉（七絕七陽韻），由詞宗王炳南、黃恭甫兩先生選。後該社臺柱邱水逝世，遂瓦解。

筆者所欲商榷者，其實只最後一句「後該社臺柱邱水逝世，遂瓦解。」邱潛川的過世，對該社的影響不可忽視。然考《詩報》所載，1935年4月起，開始出現邱潛川逝世的哀輓詩，但登雲吟社之課題與擊缽仍持續刊登（包含邱潛川在世時留存的積稿）。《詩報》至1937年3月仍刊登登雲吟社之擊缽稿。若非持續刊登積稿，那麼就可說明邱潛川過世之後，登雲吟社尚未馬上瓦解，仍運轉了一段時間。即使引文自身而言，「民國二十五年十二月四日發行課題：〈瓶花〉」亦是邱潛川過世之後之事。

邱潛川為登雲吟社講師兼顧問，也是該社的臺柱。從洪席舟〈哭潛川老夫子〉詩中，可以看出邱潛川對登雲吟社之重要性。

執經問難更何時，回首騷壇惹我悲。
此後聯吟曾北會，滿園桃李仗伊誰？[26]

在此詩中，我們可以看出，登雲吟社社員在邱潛川的帶領下，參加曾北地區詩社聯吟會。社員們在交卷之前，都會

先向邱濬川請教，請其指點修改（「執經問難更何時」）。
且邱濬川似乎是有能力指導社員的唯一一人。邱過世之後，
社員們頓失依靠（「滿園桃李仗伊誰」），漸漸地走向停止
運作一途。

　　邱濬川過世後，登雲吟社仍運轉一段時間而沒馬上瓦
解，尚有兩個旁證：首先，「曾北五社聯吟會」並未因此改
稱「曾北四社聯吟會」；其次，與邱濬川過世同時，將軍庄
成立了將軍吟社，嗣後「曾北五社聯吟會」還改成「曾北六
社聯吟會」。足見登雲吟社依然存在。至於是否具體地在聯
吟會中參與輪值主辦，目前缺乏直接證據。

肆、鹽分地帶傳統詩社的活動特色

一、光復以來的鹽分地帶傳統詩社

　　鹽分地帶的詩社，在日治時期，先有零星詩社，後整合
出郡級詩社，然後街庄級詩社林立，與郡級詩社並存。舉辦
活動時，有曾北兩郡聯吟，亦有臺南州級的聯吟活動。

　　臺灣光復以後，原日據時代的詩社，部分仍有活動。如
白鷗吟社，幾經改組而成為鯤瀛詩社，後來轉型為縣級詩
社。

　　至於新成立的詩社，則有南瀛詩社、臺南縣國學會、慶
安詩社。其中南瀛詩社、臺南縣國學會先後均為縣級詩社，
慶安詩社則為廟宇扶植的地方詩社。

　　南瀛詩社，為1951年新成立者，整合當時臺南縣所有詩

社而成立。創社社長爲當時縣長高文瑞，共有社員百餘名，主要成員有麻豆綠社李步雲、佳里琅環詩社（原白鷗吟社）吳萱草、麻豆綠社呂左淇、鹽水月津吟社蔡和泉、善化光文吟社蘇建琳等[27]。該社社長雖掛名縣長高文瑞，但實際上的領導人則是副社長李步雲。嚴格說來，該社是臺南縣的縣級詩社，並非鹽分地帶詩社。但主要成員名單中，可以看出曾北地區在該社成立初期占有相當分量。

該社經歷第二任社長劉博文、第三任社長李步雲後，由佳里人陳進雄接任第四任社長迄今。該社社址，現設於社長陳進雄、總幹事吳素娥夫妻位於佳里之自宅。則知該社近期已設址於鹽分地帶矣。

據筆者觀察，臺灣傳統詩壇，已停止活動的社團，有時仍會以頭銜的方式出現於詩壇上。如日治時代之學甲詩社，至民國六十五年，仍有詩人以該社名義在《詩文之友》刊登賀年廣告。前述之南瀛詩社，至今日似乎也成爲這種情形。陳進雄、吳素娥伉儷同時也是臺南市延平詩社負責人，經常聯袂出席各地詩會，並常於《中華詩壇》刊登賀年廣告，以贊助詩刊。唯該二社已久無獨立之社團活動，已名存實亡。

縣內的另一全縣級詩社鯤瀛詩社，是由佳里詩社（前身爲白鷗吟社、琅環詩社）改組而來，由吳新榮出任社長，與南瀛詩社爲姊妹社之關係。

關於鯤瀛詩社的改組，據《吳新榮日記》所言，社內一部分人士對現今的佳里吟社頗爲不滿，欲改組爲「一新詩

社」，並請推琅環詩社已故社長吳萱草之子吳新榮爲社長。吳新榮在地方上是甚具名望的文化人，吳氏父子二人都曾擔任（諮）議員、且都是詩人。吳萱草過世之後，吳新榮本著繼承父親事業的心情出任社長：「我也喜歡繼承先人的遺業，並願以白鷗、琅環兩詩社的傳統精神貢獻地方文化。」[28]最後該社定名爲鯤瀛詩社，並向政府備案爲交誼團體。

鯤瀛詩社成立之初，雖然定調爲南瀛詩社的姊妹社，但從《吳新榮日記》看來，鯤瀛詩社似被統合在南瀛詩社底下。吳新榮1963年10月25日日記：「今年南瀛詩社輪到北門區主辦。結局我們的鯤瀛詩社就做主體，於本日假南鯤鯓廟，舉行本年度秋季聯吟大會。」[29]足可證明1963年時，縣級詩社爲南瀛詩社，鯤瀛詩社則爲南瀛詩社底下的一個輪值的詩社。

然今日之鯤瀛詩社，卻給人縣級吟社的印象，這與1981年成立的臺南縣國學會有關。

臺南縣最新的縣級吟社，當推臺南縣國學會，成立於1981年。由於光復後的臺南縣詩社，至1981年時，僅剩鯤瀛詩社、月津詩社、南瀛詩社。三社已無各社內部活動，僅透過輪辦詩人聯吟會的方式保持運作。至此，鯤瀛詩社、南瀛詩社，已成爲對等的詩社，然已無眞正意義上的縣級詩社存在。因此，臺南縣國學會應運而生。該社初擬名稱爲「臺南縣詩社」，然因包容不周，遂改今名。創立以來，配合鯤瀛詩社，年年合辦全國詩人大會。兩社合作關係良好。

以上三個縣級詩社，因代表全縣，因此亦在「雲嘉南四（五）縣市詩人聯吟大會」、「鯤南七（八）縣市詩人聯吟大會」負責輪值。至於全國詩人聯吟大會，蓋分兩種：一為「中華民國傳統詩學會」與國內各輪值詩社合辦者，另一為各詩社獨力舉辦、廣邀全國各社詩友出席者。臺南縣國學會成立以來，與鯤瀛詩社聯合舉辦者，即為後者。至今已三十年，年年舉辦，在全國傳統詩壇間聲名卓著。

　　除縣級詩社外，北門地區的其他詩社，大多已停止活動。唯西港鄉慶安宮，於1986年成立慶安詩社，是少數由寺廟成立的傳統詩社。該社曾舉辦過數次大型活動，今日尚在活動中。

二、擊缽、課題的命題傾向

　　筆者數年前曾向《中華詩壇》總編輯張儷美詞長請教過課題詩命題之問題。張女史當時稱今日民間擊缽詩課題詩命題有三種主要類型：古題、時事題、學問題。筆者對此三類型的理解在於：三種不同類型的措詞不同，讀書用功處亦不同。其一，「古題」如〈春雨〉、〈夏荷〉、〈題溪山圖〉等，此類詩題訴諸畫面，作詩欲尋詩料，可讀書，亦可不讀書。若欲尋找前人範例，亦容易。成詞多，較不費鎔鑄之功；其二，「時事題」，如〈千面人〉、〈王建民〉、〈鐵路怪客〉等，此類詩往往無範例可援引，逼詩人構思鑄詞，亦有時代內容。缺點在於易造成俗句。作此類詩欲尋詩料，應讀報紙；其三，「學問題」，如〈韓信〉、〈倚馬可

待）、〈君子豹變〉等。欲作此類詩，須讀古籍，不讀則無從下筆。

由以上三種類型看來，一個詩社的經營，可以透過詩題的擬定，來引導社員的事先準備行為。比方某詩社並非由幾位實力相當的詩人組成，而是一二大詩家、帶領學生子弟組成詩社（如登雲吟社），那麼身為臺柱的老師，若欲引起社員之興趣，可以多出古題（可參考之資料較多，亦可不讀書，最易入手）；若欲引導社員由寫而讀，可以多出學問題；若欲求新鮮，則可以多出時事題。若詩社經營者與社員之間不存在此種指導的關係，詩社課題的擬定，也可以反映出一社之趣味、格調所在。

以下為《詩報》、《臺南新報》、《鯤瀛詩文集》所載日治時期北門地區詩社之擊缽、課題、徵詩之題目：

嶼江吟社：〈嶼江泛月〉、〈北嶼晚眺〉、〈夏夜〉。

蘆溪吟社：（缺）

白鷗吟社：〈夏夜遊嶼江〉、〈春風〉、〈春樹〉、〈春酒〉、〈青鯤鯓晚眺〉、〈書懷〉、〈秋蟬〉、〈鹽田〉、〈虱目魚〉、〈餞歲〉、〈待客〉、〈花氣〉、〈菊影〉、〈春寒〉、〈秋熱〉、〈賞花王〉[30]、〈雁字〉、〈秋霜〉、〈梅影〉、〈荷池〉。

竹橋吟社：〈雞肋〉、〈假山〉、〈　婦〉、〈人情〉、〈暮秋〉

學甲吟社：〈學甲吟社雅集〉、〈春日書懷〉、〈春

筍〉、〈喜雨〉、〈苦蠅〉、〈新荷〉、〈送陳凌霄謝和美君之東臺〉、〈新秋〉、〈學甲吟社（冠首詩）〉、〈知音〉、〈種桃〉、〈秋砧〉、〈戀菊〉、〈秋月〉、〈秋色〉、〈農村〉、〈秋砧〉、〈秋雁〉、〈戀菊〉、〈眉月〉、〈遊春〉、〈春晴〉、〈醜婦〉、〈葛衣〉、〈舞女〉、〈絕纓會〉、〈初冬〉、〈算盤〉、〈升降機〉[31]、〈春風〉[32]、〈避暑〉、〈聽蛙〉、〈秋暮〉、〈貧士〉、〈秋江晚釣〉、〈故園菊〉、〈九月登高〉。

登雲吟社：〈溪洲晚釣〉、〈新鶯〉、〈村娃〉[33]、〈勸學〉、〈貧女〉、〈溪洲晚釣〉、〈觀劇〉、〈人影〉、〈妒婦〉、〈送客妓〉、〈秋蟬〉[34]、〈書懷〉、〈詩賊〉[35]、〈野花〉、〈割席〉、〈讀會　記題後〉、〈菊枕〉、〈倦繡〉、〈老馬〉、〈美人〉、〈秋笳〉、〈寒月〉、〈問燕〉[36]、〈冬日書懷〉、〈琵琶〉、〈鐘聲〉、〈冬柳〉、〈遊春〉、〈瓶花〉。

將軍吟社：〈上巳雅集〉、〈春帆〉、〈初夏即景〉、〈新涼〉、〈水底月〉、〈中秋夜將軍溪橋賞月〉。

竹林詩學研究社：〈初春〉、〈春夜〉、〈竹〉、〈七夕〉。

鯤江吟社：缺。

北門吟社：〈曉妝〉、〈新秋〉、〈秋竹〉、〈秋夜聞蟲〉、〈秋懷〉。

曾北聯吟會、曾北五（六）社聯吟會：〈心機〉、〈檳

椰樹〉、〈秋望〉、〈劍膽〉、〈春景〉、〈秋村〉、〈秋雨〉、〈訪梅〉、〈曉妝〉、〈秦灰〉、〈戒賭〉、〈謁南鯤鯓〉、〈戍夢〉、〈新寒〉、〈紫光線〉、〈冬日觀海〉、〈漁村秋望〉、〈醉春〉、〈風箏〉、〈鄭王梅〉、〈春聯〉、〈醉春〉、〈曉煙〉、〈春宮〉、〈新泥〉、〈插秧〉、〈汗珠〉、〈蝶衣〉、〈將軍橋晚眺〉、〈踏青〉、〈虱目魚〉、〈秋懷〉、〈江楓〉、〈楊妃菊〉、〈美人閱報〉、〈茶韻〉、〈君代橋曉望〉、〈班竹〉、〈蘆溪垂釣〉、〈范蠡泛五湖〉、〈帆影〉、〈泥美人〉、〈帆影〉、〈冬樹〉、〈花癖〉、〈姑蘇臺〉、〈無絃琴〉、〈合歡鏡〉[37]、〈寒夜〉、〈完璧歸趙〉、〈白桃花〉、〈吳萱草先生東遊百詠〉、〈夏夜〉、〈美人關〉、〈生活難〉、〈冬筍〉、〈秋晴〉、〈劍花〉、〈嶼江泛月〉、〈雞聲〉、〈雪花〉。

上述詩題中，是否有時事題，因時過境遷，不易判定[38]；僅能說如登雲吟社〈觀劇〉、曾北五社聯吟會〈紫光線〉（X光）、曾北聯吟會〈美人閱報〉這樣的題目，以新事物入詩，較接近時事題。

至於古題、學問題，都看得到。且古題之數量，明顯大於學問題。凡是古代就有的事物、可以不用另外讀書就可以下筆者，均屬古題。此處之古題多爲帶有季節之古題，季節古題最易入手，民間流傳的童蒙讀本《千家詩》，即以季節爲次編纂而成，很多人人琅琅上口的詩句都帶有「季節」的

特徵。此外詩社例會亦有時間性，每月（或每季）作詩一次，因此以季節命題，可以切合舉辦時間，易於措詞。上述每一個詩社，均有此種題目。學甲吟社此類題目尤多。

　　除季節古題外，上述之古題尚有為數不少的詠物題及香奩題。連橫《臺灣詩薈‧餘墨》曾云：「我臺騷壇近好擊缽吟，又喜詠物」[39]、「近時詩會每有作詠物之題，復用七絕之體，此真難下筆矣。」[40]證實了日據時代擊缽詩會確有出詠物題之風氣。竹橋吟社〈假山〉、學甲吟社〈算盤〉、登雲吟社〈老馬〉、〈鐘聲〉等等均屬之。而詠物結合季節者，數量更多。〈春風〉、〈春樹〉、〈春酒〉、〈秋蟬〉、〈菊影〉、〈梅影〉、〈戀菊〉、〈葛衣〉等等均是。

　　此外，日據時代，詩人有出入旗亭酒樓之風氣，與近時詩會大不相同。詩會課題亦頗多描寫女性的香奩古題，如〈醜婦〉、〈貧女〉、〈送客妓〉、〈美人〉等等。亦有香奩而結合詠物題或學問題者，如〈琵琶〉、〈絕纓會〉、〈春宮〉等。作此類詩者多為男性詩人，構思時，須將注意力集中在女性身上，細細摹寫，從而得到一種幽微的快樂。此類詩題雖然看似腐化，但同時也是詩壇生命力旺盛的側面表現。

　　學問題，如〈雞肋〉、〈讀會真記題後〉、〈秦灰〉、〈范蠡遊五湖〉、〈無弦琴〉、〈完璧歸趙〉等等均是。此類學問題亦不單純為提倡讀書而出，上述數例，〈范蠡遊五

湖〉可以是結合香奩的學問題，〈秦灰〉可以是結合時事的學問題。欲表現香奩／欲反映時事，而以學問題的方式表現，不獨有提倡讀書之功，同時也增加了詩的含蓄蘊藉，以救濟擊缽吟易流於浮淺之通病。

　　此外上述詩題中，不易歸入上列三類者，尚有地方題、社交題等。地方題，如〈嶼江泛月〉、〈北嶼晚眺〉、〈中秋夜將軍溪橋賞月〉等，乃以地方結合寫景古題、季節古題者；〈鹽田〉、〈檳榔樹〉等，乃以地方結合詠物古題者；〈鄭王梅〉則是以地方結合學問題者。這些題目，其共同特徵在於表現地方特色，然而部分題目需要讀書瞭解地方歷史，部分題目則訴諸作者對地方風物的直接感受與直接觀察。

　　社交題，是活動頻仍的詩社極易出現的題目類型。上述詩題中，如〈學甲吟社（冠首詩）〉是慶祝創社之社交題、〈送陳凌霄謝和美君之東臺〉是餞別詩社成員之社交詩、〈合歡鏡〉是詩社成員娶媳婦的社交詩。此外部分詩社亦常因詩友間的相互拜訪，而舉開臨時擊缽會。為增加作詩的趣味，此類社交詩往往又會稍加變形。如學甲吟社歡迎李步雲來訪，舉開臨時擊缽會，以〈升降機〉為題。因「步雲」的字面含意，聯想出「升降機」，因而拈出此一詠時代新事物之題目；另外季節詠物古題〈春風〉，則是學甲吟社歡迎謝景雲來訪，由「景雲」的字面含意，聯想出與之對仗的「春風」一詞。這些社交詩既見證詩社的活動力，同時也具備類

似日記的文獻功能。而從變化詩題、避免作詩只有日記功能這點看來，我們又發現詩社對社交詩之文學性的追求。

光復後，限於時間，筆者尚未全面觀察今存之課題文獻，無法提出客觀的評價。此處僅就平日參與鯤瀛詩社、臺南縣國學會活動時之印象，以及閱讀該社自編《鯤瀛詩文集》之印象，提出一初步評價，拋磚引玉，以就教於方家。

鯤瀛詩社之擊缽、課題，承襲日據時代流傳下來之命題習慣，而稍有變化。其變化最明顯的是：香奩題幾乎消失，但地方題、時事題增多，政治題亦不少。

地方題，如〈海埔新生地〉、〈赤山龍湖岩攬勝〉、〈謁洋港大帝宮〉、〈青山仙公廟紀遊〉、〈遊曾文水庫〉、〈抗清義士吳待〉、〈春日謁麻豆代天府〉、〈陳永華墓巡禮〉、〈憑弔噍吧哖抗日烈士忠魂〉、〈沈光文紀念碑落成誌盛〉、〈秋日謁關廟山西宮〉等。

從地方題中可以看出，光復後的傳統詩社與寺廟關係緊密結合。日據時代以來，傳統文人就與寺廟有密切關係，如西港慶安宮主任委員黃圖，早年曾是白鷗吟社社員，後來創立南寶樹脂股份有限公司。因為這層因緣，慶安宮、南寶樹脂公司，時至今日仍積極扢揚風雅。此外如佳里鎮金唐殿、北門鄉南鯤鯓代天府，均與傳統詩社有密切關係。

此外，寺廟需要楹聯、碑刻、乃至沿革志等應用文書。此類文書，仍以傳統詩文撰寫較為合適，因此寺廟對傳統詩社也是有需求的。鯤瀛詩社、臺南縣國學會每年印行的《鯤

瀛文獻》年刊，便有「寺廟」一欄，專門收錄與寺廟有關之新撰文獻。傳統詩社舉辦活動時，在經費及場地上，亦需寺廟的支援。因此今日傳統詩社與寺廟存在著合作的關係。

時事題的增多，應與時代之變化有關。隨著電視、報紙的普及，以及時代風氣日益趨向民主，時事不但是人人可談的內容，同時也是人人容易接觸到的內容。光復後鯤瀛詩社出現〈科學中文化〉、〈選戰〉、〈大赦天下〉、〈股市〉、〈兩岸文化交流〉等課題。此外亦有介於時事與政治之間、政令宣導式的詩題，如〈摩托騎士〉、〈機車安全〉、〈淨化青少年〉等。

至於政治題，鯤瀛詩社課題有〈革命精神〉、〈關心民瘼〉等題；而在該社舉辦的全國性詩會中，有〈中華建國暨鯤瀛創社七十雙慶〉、〈慶祝蔣總統蟬聯就職大典誌盛〉、〈慶祝李登輝先生當選中華民國第七任副總統就職誌盛〉等題。民國九十六年，南鯤鯓的全國詩人大會首唱詩題為〈捍衛中華民國〉，民國九十七年，臺南縣全縣詩人聯吟大會（鯤瀛詩社、臺南縣國學會承辦）詩題為〈大快人心〉（當時陳水扁被起訴、馬英九政府發放消費券。得獎作品多詠此二事。亦有不願詠此二事之作者改詠他事）。可知即使在綠色執政的臺南縣，本省傳統文人在政治立場上都各有堅持，並未倒向一方。此既為民主社會的正常表現，同時也是斯土斯民熱衷政治的直接反應。

鯤瀛詩社之課題，尚有二點值得注意：其一，偶見與醫

學相關之詩題，如〈良醫〉、〈中西醫一元化〉等題。筆者所參加鯤瀛詩社舉辦之全國詩人聯吟大會，曾以〈大體老師〉為次唱題目。一時之間，許多不解為何「大體老師」之詩友紛紛彼此詢問。其二，偶見間接反思傳統詩社自身處境之詩題，如〈鼓吹騷風〉、〈白話文〉、〈文言文〉、〈溫故知新〉、〈發揚臺灣歌謠〉等。

伍、結論

本文原始之目的，在於鉤勒出鹽分地帶傳統詩社之概貌。在撰寫論文過程中，發現吳中〈臺南縣詩文社沿革誌〉一文已經達到本文之原始目的，且範圍擴及全臺南縣，更為完備，故本文將重點置於辨析吳文中的幾處疑點，主要釐清的是白鷗吟社成立與整合的問題。白鷗吟社成立於1921年，並在1931年開始與麻豆綠社舉開曾北聯吟會。1933年起，北門郡各街庄詩社陸續成立，加上原有的竹橋吟社，而形成葉笛所說鹽分地帶活動力較旺盛的「登雲、學甲、竹橋、將軍等四個詩社」。1935年，四詩社與原有的曾北聯吟會整合，成為「曾北五（六）社聯吟會」。整合之後，白鷗吟社無本社活動，而以聯吟會的方式舉開活動，因此造就了1936年（應為1935年之誤）北門郡各詩社整合為白鷗吟社之說法。

除釐清前述問題外，本文亦對鹽分地帶傳統詩社之光復後活動狀況作一概要描述。並對日治時期以來直到今日、各社擊缽詩課題詩的出題傾向。

日治時代，傳統詩學較今日爲盛，詩社活動亦較頻仍。鹽分地帶之傳統詩社，除獨自活動外，較常以兩郡聯吟、臺南州下聯吟的方式舉開活動。1937年，進入戰爭時期，各社活動遂爲之停擺。光復以來，傳統詩社或新創、或復社，然已不復昔日之榮景。除了時代風氣轉變以外，大學中文系的普遍設立，使得學詩之管道增加了學院一途，亦削弱了民間詩社存在的必要性。今日鹽分地帶的傳統詩社，除平日的自身活動之外，更常常擴大舉辦至南部地區、乃至全國級的活動，以全國詩人的力量，維持傳統詩社的活力。

　　從傳統詩社擊缽課題的命題傾向，可以側面窺知時代風潮變化。傳統詩有其不變的一面，亦有其變化的一面。鹽分地帶傳統詩社，對季節古題、學問題的迷戀，以及對社交題的需求，是亙古不變者；然隨著傳統詩文與地方文獻結合，傳統詩社自覺到以地方文獻價值的特殊性來提供傳統詩的新鮮感，具地方特色之地方題也開始增多。光復以來的地方特色，經常表現在結合地方廟宇上。而反映時代特色的時事題，日治時期時事題雖少，但卻不乏詠時代新事物之課題。此傾向，可能的原因或許在於殖民時代管制嚴格，傳統詩人不願以集會方式大發議論招人箝制；此外日據時期各地詩社著迷於詠物詩的寫作，亦使詩社課題將對時代的敏感，聚焦於新時代的物品上；加上電視傳媒不若今日發達，日據時期人們對時事的感受應不如今日強烈。光復以來，施行憲政；尤以解嚴以來，臺灣民主政治日趨成熟，政治題、時事題遂

進入傳統詩社的課題之中。其中既有頌聖之作，亦有捍衛自身立場之作。都反映了時代的面貌。至於日據時代較盛行的香奩詩，光復後偶爾以古題的方式出現（如〈才女〉），然而基本上已不存在，此亦可徵驗時代風氣的轉變。

注釋

1　見林芳年著，葉笛譯，《曠野裡看得見煙囪——林芳年日文作品選譯集》，臺南新營：臺南縣政府，2006年11月初版，頁23-24。

2　收於《鯤瀛文獻》第4期，臺南：臺南縣鯤瀛詩社、臺南縣國學會，2004年11月28日，頁44-77。

3　吳中〈臺南縣詩文沿革志〉內文所稱，當時社員達五十餘名，此說法之根據來自《臺南縣志》；然據該文所引《詩報》第282號吳萱草〈弔王大俊如兄〉詩注，則稱：「君與王炳南及余三人首創嶼江吟會，次設立蘆溪吟社，後合併爲白鷗吟社，社員32名。」推測「五十餘」或係「三十餘」之誤。

4　「曾與北門郡其他詩社整合成白鷗詩社」一語，據〈臺南縣詩文沿革誌〉「竹橋吟社」條補。

5　「曾與北門郡其他詩社整合成白鷗詩社」一語，據〈臺南縣詩文沿革誌〉「竹橋吟社」條補。

6　「曾與北門郡其他詩社整合成白鷗詩社」一語，據〈臺南縣詩文沿革誌〉「竹橋吟社」條補。

7　見《臺南新報》第08863號第1版，1926年10月10日。

8　此詩收於《三六九小報》第128號，第四版，「詩壇」欄，1931年11月16日。

9　見任遠報導〈吟風弄月四十年　黃生宜樂此不疲　主持鯤瀛詩社全力發揚文風〉，原刊於1981年9月12日《臺灣時

報》「南縣新聞版」，後收於黃生宜著，吳中編，《生宜吟草》，臺南：鯤瀛詩社，2001年初版，未編頁碼。

10　吳萱草著，吳新榮編，《忘憂洞天詩集》卷上，臺南：家藏本，1958年出版，頁73。

11　見王炳南著，吳榮富編，《北嶼釣客吟草》，臺南：國立臺灣文學館，2007年7月初版，頁157。

12　「曾北五社聯吟」之五社包含將軍吟社，恐有誤。蓋將軍吟社「發會式擊缽錄」刊登於1935年4月之《詩報》，暨同年5月之《臺南新報》，推測其成立時間確爲1935年無誤，而1934年11月之《詩報》已有「曾北五社聯吟」之擊缽詩作。

13　以上街庄級詩社之成立時間，見吳中〈臺南縣詩文社沿革誌〉。

14　此詩收於《詩報》第102號，1935年4月1日。

15　此詩收於《詩報》第102號，1935年4月1日。

16　此詩收於《詩報》第102號，1935年4月1日。

17　此詩收於《詩報》第102號，1935年4月1日。

18　和詩登於《詩報》第109號，1935年7月15日。

19　和詩登於《詩報》第102號，1935年4月1日。

20　和詩登於《詩報》第102號，1935年4月1日。

21　和詩登於《詩報》第102號，1935年4月1日。

22　第93.95.96.97.98.99.100.101.105.116.117.119.122.124.125.127.129.131.136.144.145.146.148期《詩報》刊登「曾北五社聯吟會」作品。

23　見《詩報》第56號，1933年4月1日。

24　此詩收於《詩報》第81號，1934年5月15日。

25　就在王大俊發表此詩之後不久，《詩報》第44期（1932年10月1日）刊登了如下新聞：「曾北聯吟大會，此回輪北門郡白鷗吟社辦理。已於九月二十五日午後二時、假佳里公會堂，爲開會聯吟矣。」

26　此組詩連載於《三六九小報》第439～440號，「詩壇」欄，1935年4月23～26日。

27　見吳中〈臺南縣詩文社沿革誌〉「南瀛詩社」條。

28　吳新榮1962年10月14日日記。見吳新榮著，張良澤編，《吳新榮日記全集》第11冊，臺南：國立臺灣文學館，2008年6月，頁61。

29　吳新榮1962年10月14日日記。見吳新榮著，張良澤編，《吳新榮日記全集》第11冊，臺南：國立臺灣文學館，2008年6月，頁139。

30　〈賞花王〉此題指賞牡丹。因社員吳乃占別墅兩朵紅白牡丹盛開，故云。

31　此爲歡迎麻豆綠社李步雲來訪之擊缽詩會詩題。

32　此爲歡迎謝景雲來訪之臨時擊缽詩會詩題。

33　此爲歡迎麻豆綠社來訪之擊缽會詩題。

34　此爲歡迎謝秀峰莊壽如諸先生擊缽會詩題。

35　此爲歡迎學甲吟社諸先生來訪擊缽會詩題。

36　此爲歡迎葉雲梯擊缽。

37　此爲「徐青山先生令郎徐千田君與顏溫溫女士新婚紀念」聯吟擊缽會詩題。

38　筆者參加中華民國傳統詩學會，撰寫該會之課題時，曾於某年感覺時事題特別多。某次課題爲〈腳踏車〉，筆者以爲此是一般詠物題。至交卷後方發現當時馬英九總統正騎腳踏車下鄉，蔚爲話題，故此題實際上仍是時事題。後見發表之作品，果然很多都是以此事入詩。此類題目，一旦時過境遷，很難辨識是否是時事題。故上列題目中有無表面非時事題、實際上爲時事題者，殆難判定。

39　見連橫，《雅堂文集》（卷四・筆記・詩薈餘墨），南投：臺灣省文獻會，1992年3月初版，頁268。

40　見連橫，《雅堂文集》（卷四・筆記・詩薈餘墨），南投：臺灣省文獻會，1992年3月初版，頁262。

序

吳東晟

　　選在這裡的傳統詩與現代詩，都存在著相當的對話關係。我寫詩，是從現代詩開始寫；認眞寫傳統詩，是後來的事。我視這兩個領域如一個筆筒中的兩隻毛筆。一枝狼毫，一枝羊毫。大字用羊毫，小字用狼毫，有時大字也用狼毫——因爲我狼毫用得更上手一點。

　　傳統詩處理不來的，就交給現代詩；現代詩做不到的，有的也能交給傳統詩。它們是個性不同的好朋友，往往相得益彰。如此一來，寫傳統詩就不必捨棄格律、遷就新韻，以這種犧牲來回應時代要求。宋詞在，不妨害宋詩；元曲在，不妨礙元詩；傳統詩因而得以保持原貌，跨越千年，來到現代。現代詩在，也不必妨害現代的傳統詩。

　　我平時寫詩，並不刻意強調跨界、對話。偶爾的嘗試，較滿意者，幾乎都已收在這裡了。這裡面大多爲題畫詩，一部分是送給詩人好友潘家欣，一部分是刻意求之的觀畫心得。這兩批題畫詩，都是既有傳統詩、又有現代詩的。給家欣的詩是一題二首，先寫傳統詩、再寫現代詩，詩中所寫，多爲聯想，並不很深究是否符合家欣的發想。由於這次寫作經驗讓我很過癮，於是又找來《臺灣現代美術大系》的「抒

情表現繪畫」卷，將書中的繪畫轉成想法、再把想法轉成文字。每當文字完成，我都不知這算是翻譯還是創作了。繪畫作品通過文字的描述又留下另一種形像。

除題畫詩外，集子裡還有文類之間相互跨越激盪出來的作品。在傳統詩中，有「讀現代詩」系列之作；在現代詩，有「東城樂府」、「詮唐詩」等系列之作。閱讀本身，有時也是靈感的來源。讀者受到詩意的撞擊，或語句音響的撞擊，轉化成詩，而有「讀後」、「致敬」、「戲擬」、「唱和」之作品。傳統詩撞擊出傳統詩，現代詩撞擊出現代詩，不算罕見。但跨越的撞擊，就比較少見一些。我自己過去不曾想過要將傳統詩與現代詩合在一起出書，如今既要合在一起，這些跨界撞擊的詩，便再適合也不過了。尤其量也不多，正好收在合集裡。

「讀現代詩」系列，所讀者多為名作。或因備課、或因偶然讀及，有所觸動。詩中所寫，有的是原詩的再現（如讀陳黎〈戰爭交響曲〉），有的是受音聲意象撞擊，寫出新的作品（如讀楊喚〈噴泉〉詩後有作）。

「東城樂府」系列，是類似胡適《嘗試集》、以及聞一多新格律詩的嘗試。借用詞牌的外殼，要做到「雖符合字數、但不合格律也不合內在節奏」的要求，唸起來「務必要像新詩」。我曾試圖以此形式進行大量的寫作，且申請了新聞臺「東城樂府」。只可惜後來事與願違，作品並不多。「東城樂府」則成了個人張貼各式創作的平台。

「詮唐詩」系列，原本是課堂教書時，爲了好好地解釋課本上的唐詩而產生的「譯作」。以散文思維翻譯傳統詩，常給人韻味不足的感覺。有的傳統詩跳躍頗大，譯成散文思維時，爲了釐清那跳躍，灑了很多白粉、試圖顯出這些無形的鬼魅足印，卻徒勞無功。即使勉強翻譯，也不會令人滿意。後來我想到：爲什麼不能以詩譯詩呢？甚至更進一步，以詩「詮」詩。因此有了集子裡的作品。寫這些詩，都不是爲了翻案，而是爲了用較新鮮的面貌，將兒童琅琅上口的韻語，請調出來，彰顯某些可能久被忽略的原意。這種「詮」，是尊重原貌的化妝，意在強調突顯，而不在扭轉。例如集中的〈列女操〉，便是我最滿意的作品；譯詩全力突顯「捨生」二字，不因前人批評思想封建云云，便草草跳過不加體會。

　　另有「傳統詩現代詩一題二體」之作品若干，也符合文體跨越之旨趣，今一併選入。如現代詩〈使用者網誌關閉中〉，即傳統詩〈戲爲五絕句〉；而〈地圖〉、〈雨後地無乾土蚯蚓群出半遭碾斃〉的現代詩版與傳統詩版，題目皆同；現代詩〈詩與我〉即傳統詩〈論詩〉。文體的不同，能夠強調的內容、想法、情感、甚至氣質，都可能隨之不同。如同兄弟或姊妹，雖是同父同母所生，但相似中又見彼此的不同。

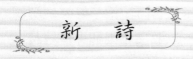

家欣「堇色的辰光」展出畫作題詞 十首

其一　Help

蠅子來告訴我
我已開始腐爛

仍優雅，仍堅持著完整
但氣味漸漸改變

其二　紅月

月亮已經紅了
雨中開始滲血

兩隻畫眉仍緊緊地依偎

其三　血手

用刀，將左手雕出
瓣瓣桃花

啊，就大聲哭吧
哭成一曲胡笳，一曲琵琶

其四　石榴

紅得很女人
圓得很矜持

且拒絕藉口很多的綠葉

其五　瓶影

一個瓶子九個影子
各自反對各自的光

其六　山茶

花開的時候，有雪

紅通通的臉蛋兒
匀上冰冰的蜜粉

其七　睡蓮

啊！我就要投降了
我就要俯首貼耳
要睡著了

一朵蓮花
在水中悠悠醒轉

其八　如意

你問：「柿柿豈能
盡如人意？」

我說：「吃掉的那顆很好吃
想必這一顆也是。」

其九　夕

向晚時分
五隻畫眉

「向右看齊！」
但有一隻還在等媽媽

其十　白椿

與雪爭白
窮士之美

只在紅粉來的時候
微覺羞赧

觀畫　九首

其一　觀盧怡仲〈嗚拉拉〉

在整齊的餐桌上
擺放我們七彩的食物

擺放我們七彩的軟糖
以及顏料
來，每個人出一點顏色
來幫妹妹塗抹

來幫妹妹塗抹成健康的少女
一腳踢出，一腳就快要跌倒
吶，那就先讓她靜止
給她墊好兩張可愛小板凳

兩張小板凳可以讓孩子更高
讓孩子更方便地登上
染著白色光影的梯子

通往未可知的局面之外
來，我們把當初被裁掉的，黏補回來
給她更快樂的粉紅色
給她三角給她圓
用零零碎碎的規矩
組成一個沒規矩的
七巧板小女孩
給她一顆太陽，不，還是
給她足球比較好
再給她一頂嬉皮的帽子
看她有沒有機會好好地發球
好好把球發到
還沒黏補的巨大空白中

巨大的空白中，有我們未盡的餐桌
有一些還沒整理好的餐盤
桌子亂了，我們沒規矩了
所以就被裁掉

我們不是沒規矩
不是愛搞錐形
我們善良的第四隻桌腳
是被沒收的

就如同我們善良的第三隻椅子腳
被吃相優雅的規矩餐桌名正言順笑裡藏刀地殺死
第四隻椅子腳，善良膽小
才會自動地將自己刪除

報告長官，畫筆盡到清潔畫面的責任
已將所有的瑣碎掃到黃澄澄的畫面裡
遠山含笑。沒有顏色的霧靄
遮去隱隱含笑的嬌羞容顏
報告長官，我們已把遠山搬進管控範圍
被遮住的隱隱含笑嬌羞容顏搬不過來，放在畫外之地
管不到的，我們已通通裁掉
請示長官，是否可以開始唱歌？

嗚啦啦啦嗚啦啦
嗚啦啦啦嗚啦啦
嗚啦啦啦嗚啦啦
嗚啦啦啦嗚啦啦

其二　觀陳水財〈牆〉

幽暗夜總會的玻璃牆
並不阻擋玻璃牆外的陰暗

甚至它開放讓你看
讓你看，一格格各自獨立的格局
它們取得偉大統一

統一由暗色統治
遠方有高樓
霓虹燈靜靜地亮著

我們的暗夜需要一些微弱的燈火
我們的暗夜需要一些微弱的異質
證明我們的民主

其三　觀陳水財〈馬路之一〉

機車山陽鈴木偉士牌
帽子有黃有紅也有白

叔叔爸爸伯伯
上工上班上課
維持交通秩序
一個挨著一個

鏡頭沾到動感的雨
像是人影不太具體

紅的綠的紅的綠的
跟遵行方向相反的

其四　觀陳水財〈古厝之一〉
已擁有太多這種寧靜的時刻

不小心就熬成老前輩了
不經意的姿勢
給很多年輕心靈最初的激盪

奇怪的陰影罩著
微微的紅與微微的黑

幸好沒破壞貞定安嫻

其五　觀楊識宏〈有門的風景〉
開門見山
閉門是地窖

看到自由
格式化的線條

虛線虛線虛線江
三角三角三角葉
重巒重巒都平行
樹樹樹樹只是毛

開門見到一點光
閉門光線更幽暗
人生在世宜讀書
潛在規則摸到爛

其六　觀楊識宏〈面具的告白〉

衣服都脫光了
仍不忍粗魯地擁抱

噢，妹妹，妳怎麼這樣
這樣摸著姊姊的線條？

其七　觀邱亞才〈流浪漢之一〉

隱藏在黑暗中
露出慘白的臉
有那麼多思索與煩憂

多到滿額都是皺紋
都已無處可以容身

其八　觀邱亞才〈穿花衣服的女人〉

老人穿花衣服
活潑的七十歲

不是抄襲年輕
不是強調年老
山花簪於鬆髮
回頭淡淡一笑

其九　觀邱亞才〈瘋跑〉

破罐似的世界
破罐似的身體
破罐破摔地奔跑

完整已經不要了
跑跑跑，我要去逮捕
我要去抱住

剩下臉還完整，還邪門
完整的罐子，邪門的笑

按：以上所觀諸畫作，均收於《臺灣現代美術大系‧抒情表現繪畫》一
　　書，文建會策畫，藝術家出版社出版。

詮唐詩　五首

其一　孟浩然 · 宿建德江

移舟泊煙渚，日暮客愁新。野曠天低樹，江清月近人。

泊船於雲霧之中，沙洲之畔
向晚時分，剛剛罹患了鄉愁

遼闊的原野上
天偷窺樹

　　　　　　　清澈的江波裡
　　　　　　　　月憐愛人

其二　王維 · 山居秋暝

空山新雨後，天氣晚來秋。明月松間照，清泉石上流。
竹喧歸浣女，蓮動下漁舟。隨意春芳歇，王孫自可留。

新雨洗空了山谷
黃昏的天氣便更秋天了
松樹凝結著月光之箔

清泉仍磨洗著石頭

竹林騷動，洗衣的女工回家經過
漁舟經過，蓮花側身避開
隨你的意，春花死了
就算了，山裡的我還在

其三　孟浩然·春曉

春眠不覺曉，處處聞啼鳥。夜來風雨聲，花落知多少？

在暗處，看不見的地方
有殺戮。

次日清晨，
入耳惟有無邪的鳥鳴
陽光下，花瓣打落一地

其四　李商隱·無題

來是空言去絕蹤，月斜樓上五更鐘。
夢為遠別啼難喚，書被催成墨未濃。
蠟照半籠金翡翠，麝熏微度繡芙蓉。
劉郎已恨蓬山遠，更隔蓬山一萬重。

來是空的，去是空的
月娘有腳，走到五更
鐘響的時刻

遠別的夢，別把它喚破
寫詩給妳，寫得很急
墨，都還沒磨好

燭光，照在一半翡翠的床幃
妳的衣香，微微染上
滿是芙蓉的被褥

然後醒了，妳還是那麼遠
令人生恨的遠
那裡是天堂，這裡不是

其五　孟郊·列女操

梧桐相待老，鴛鴦會雙死。貞女貴徇夫，捨生亦如此。
波瀾誓不起，妾心古井水。

我已經決定要死了
請不要再叫我活

我死之後，會還給你們
一個盡責的兒媳
一個完整的母親
我會散去我的三魂七魄
仍會呼吸的身體
漸漸裝進新的魂魄

會儘量裝滿你們要的
我學不會的，請多教我
我已經決定要死了，以適應
這個死了很久的世界

東城樂府　七首

其一　菩薩蠻
撿拾起玻璃碎片
粘回它原來樣子
仔細端詳著
傷痕的美感

從那天以後
懶得再移動
懶成一棵樹
懶成了永恆

其二　菩薩蠻
一縱而逝的偶然
收回覆水的狂想
花有點醉了
你有點醉了

昨天的落花

都已經埋葬
你不曾看到
你只是一笑

其三　十六字令

說
凌晨三點的寂靜？
你昨天
不那麼清醒

其四　采桑子

不願重想某些事
肥皂泡泡，吹第三次
很薄啊就要破了

命很短歲月很長
有些事情，永遠那樣
風在吹風還在吹

其五　小重山

過去的從容是鹽
被水沖刷後，溶解了
所以妳看到的我

並蒂詩情

很陌生，很不像從前

太陽啊就讓它照
把淚水收回，那麼鹽
就會全部都回來
潔白著，如妳熟悉的

其六　浣溪紗
後來妳不說話了
在妳自己的房間
靜靜雕塑著過去

我也一直雕塑著
用力剔掉傷心且
包裹全身的部分

其七　如夢令
妳當初唱著歌
我如今唸著佛
聲音低低的
只在唇邊出沒
南無，南無，
妳的日子好麼？

使用者網誌關閉中

再見了，妳已關閉最後的呼吸
消失於城市的一方窗戶
告別恢恢的網路
再見了，妳已經決定登出
再來就是陌生的身分，隱姓埋名
到新的地方重新做人

我在搜尋引擎搜尋自己
在搜尋結果仍看到妳
仍有片言隻字與我有關
仍有動詞與名詞
再來化成刪節號，形容詞已消失
庫存頁面已消失

曾經妳敞開胸懷，容納天涯
但妳歸來，卻在鄰里隱匿
電腦那端勾選重重條件限制
妳已擺出嚴密的防禦姿勢
防衛腐臭的情愛，險惡的江湖

用最乾淨的方式靜默不語
我只是天涯的一小部分
薄弱的影子沾染妳的綈袍
妳撢撢灰塵，卻將我那部分一併抖掉

更小的網誌正在提倡耕讀生活
種豆南山下，采菊東籬下
每天都有來偷雞蛋的故人
說不上話的小學同學大方地出現
三不五時公告曖昧的心理測驗
天天看著越來越熟的ID
順著藤，猜想著，也許妳不太排斥這波潮流？
朋友的藤蔓牽往朋友的藤蔓
也許妳就近在三四重外的聚落〔註〕

我已開始丈量遠近，不熟練地拿捏
點幾次滑鼠就到妳家太不禮貌了嗎？
系統日日猜測我可能認識的人
也許妳就是我不認識的一個新名字

已經貼出去的日記，已經照出去的光
有一天我也會關閉網站嗎？
鯉魚唼喋爭食惡意的魚餌

或許我該安慰，在妳純真未受傷害的日子裡
我曾經有幸深入妳的心靈
曾經見證妳的網誌，是友善溫馨的客廳

註：此段所寫指的是臉書（facebook），又稱微博，寫作當時頗流行
　　「開心農場」小遊戲。「種豆南山下」、「採菊東籬下」、「偷雞
　　蛋」均指該遊戲之內容。

地圖

把整片大地的愛濃縮，再濃縮
變成一張地圖。我跋涉千里找到它
把它送給你
喏，你看，在五百萬分之一的圖上
我為你走了這兩公釐

知道你善於解讀地圖的資訊
所以圖上的點滴，想必你都能自動地
放大五百萬倍，清楚地看見
土地原本該有的多彩容貌
圖上嶄新的姿勢，斜的麥卡托
正如那夜路燈下你修長的映影
第一次看見你這麼纖瘦
的影子，我咯咯地笑了
你這個姿勢很美
有符合你氣質的挺拔樣子
從前的圖，方向很正
但極南極北都變得好腫大
彷彿家鄉的父親在誇耀異鄉的女兒

把三分的鄉愁變化成十分的輝煌
宏偉是宏偉了，但女兒
卻變成民間故事一般的人物
在家鄉流傳啊。故事裡頭
有太多父親的願望

不想向上看，就向周圍看看吧
我的方向感很差，分不清南北東西
只知道出門右轉是學校，左轉是書局
你說東方在後面，傍晚太陽就到前面
所以回家時屋裡總有金色的光
總擔心你笑我沒有方向感，但你沒有
第一次告訴我你家時，你用我家出門所見為上方
北在右，南在左，左轉直走再右轉
過了閃黃燈路口，就會看到你的西南老家
從此那成為我熟悉的路線

「先習慣地往左，再習慣地往右」
然後就是特別甜蜜的一棟樓房
我在外頭，透視著裡頭
這個家，我用我的投影法去看
它的面積好大好大
逐漸占去我心中地圖
的全部

雨後地無乾土蚯蚓群出半遭碾斃

一場尋常的雨
卻是你們的
浩劫

土壤裡滿滿是水
你們被家排擠在外
腫脹的環節，天晴以後
會慢慢被蒸乾

有的在雨中被車碾斃
結束身為蚯蚓的一段生命
如果有輪迴你們會再當蚯蚓
或者投入難得的
人身嗎？

或許你們其中
有的前世曾經是人
和前世相比
此生短暫

不足掛齒

雨後便死
不亦快哉？
雖然淒慘
不過是脫離皮囊
或許下一次輪迴，成為龜
其壽千歲
看著一代代人被暴雨打成泥土

夜來風雨，花皆打落
有人春眠不起，假裝沒有看見
看見之後又能怎麼樣呢？
在暗處，看不見的地方有殺戮
其實暗處與明處，人都只有一個願望
懶懶地睡覺
懶懶地吃穿

因此天氣晴朗以後
會有人來清掃路面
乾淨漂亮，適合郊遊
生者莫哀，死者莫怪

詩與我

在手掌間醞釀一道雷
發出

擊中
百年後我的心臟

題家欣「堇色的辰光」畫展　二首

化鰓為肺已無望，涸鮒餘生志可傷。
在涅不愁今夕死，緇衣一度沐輝光。

其二
積厚摶風亦惘然，吞舟無力更吞天。
桑田有待憐精衛，銜木拋枝祇是填。

家欣「堇色的辰光」展出畫作題詞
十首

其一　Help
固土栽枝漫急催，開花結果苦栽培。
可憐顛簸身微爛，轉眼已招蠅子來。

其二　紅月

素卷鋪金粉，畫眉治白絨。

姮娥辭桂殿，不覺月光紅。

其三　血手

神勞氣窒感魂銷，欲辯無心只素描。

刻畫纖纖如雪色，好將刀筆染紅潮。

其四　石榴

玉子紅膚琥珀光，敦盤新薦錦香囊。

何勞綠葉相烘襯，一紙金泥燦煒煌。

其五　瓶影

燈與日爭暉，糾繆光影錯。

銀瓶傍綠窗，不管花開落。

其六　山茶

白如絨羽紅如血，一樹擎花生薄雪。

兒女柔情值歲寒，更因旖旎憐冰潔。

其七　睡蓮

曲沼伊誰植睡蓮，田田貼水誘人眠。

風吹菡萏揚仙袂，指點冰魂漾細漣。

其八　如意

柿柿好安心，人人都適意。
如何只一枚？最喜無多事。

其九　夕

五鳥共棲枝，排排真可愛。
當圖抱抱牠，哪管天將晦。

其十　白椿

雪至欺霜骨，時來吐嫩芽。
葳蕤真耐冷，故隱野人家。

觀畫　十二首

文建會策劃《臺灣現代美術大系》，凡廿四冊，委由藝術家出版社
出版。僕昔以友人畫題詩十八首，感畫詩之相發明，因取大系《抒
情表現繪畫》卷觀之，為〈觀畫〉十二首。僕素不稔畫史，揀選入
詩者，但求發明我心而已。

其一　觀張炳南〈高雄港燈塔〉

綠海楨天千屋亂，商船進港如魚貫。

燈臺玉立潔如山，凜凜不移星火爛。

其二　觀吳炫三〈少女與面具〉

誅心默默褪衣裾，帶笑容顏亦卸除。

藏首裸身拋假面，忘形捨色想真如。

無眸眉鎖偏疑淚，未字情慌信已書。

野獸憐人添筆墨，亂峰攢處總寬餘。

其三　觀吳炫三〈女人畫像〉、〈沉思〉

諸法隨心幻，冥探色相移。

尻輪驅白馬，鼻柱縮青絲。

萬緒奔千獸，文瀾靜麗詞。

不甘終守拙，自暴與人知。

其四　觀陳水財〈人頭〉

頭顱置匣中，面目存胡底？

豫讓漆其身，於期拋乃體。

時衰感鳳麟，命賤齊荼薺。

梟首不留名，但憑潮水洗。

其五　觀林文強〈耕耘者〉

心畫心聲揭半開，經營慘澹盡幽哀。
耕牛負軛身將蹶，農父栽秧力竟殫。
運蹇人微無菽稻，時荒天墜壓蒿萊。
破雲明月來相照，萬緒憂煩付剪裁。

其六　觀林文強〈薪傳〉

嬌兒試晬取犁鋤，天是恩師地是書。
閉戶風調兼雨順，開門志廣卻才疏。
田間功業經營苦，笠下文章句讀虛。
貧富原來都有種，困人蹊徑總愁予。

其七　觀楊識宏〈內韻〉用韓文公〈山石〉韻

形象析離意識微，兩儀圖繞器官飛。
刈蔓疑切球根斷，憤世應見大腸肥。
刳壺裁螺待妙用，西北蝟集東南稀。
一葉如唾人狂走，斷腸裂胃不知飢。
庋廖翕張望奧秘，洞觀處處穿紙扉。
目定神凝探玄默，明晦相成燭陰霏。
朗朗陽春存殘影，默默蝸痕既成圍。
寧定不畏妖魑亂，我亦魍魎蛻人衣。
大夢豪華遊絲裡，可憐盜徒愛罦罬。
識流法空諸相變，靈光一點吾所歸。

　　　　　　　　　　　　　並蒂詩情

其八　觀楊識宏〈有羊頭的山水〉調寄菩薩蠻

描形繪狀緗箋滿，當圖驚見羊頭斷。
疑是少丹青，血光紅染成。

紅光揉綠葉，一樹寧孤潔。
山遠水迢迢，不聞王子喬。

其九　觀陳來興〈農村的回憶〉

眼若寒潭碧水春，兒時水牯愛窺人。
阿団削髮消炎暑，老爸操鐮趁早晨。
紅瓦泥牆農舍外，黃粳積庾穀場鄰。
楊桃新結三株樹，不讓仙家百果珍。

其十　觀邱亞才〈墮落〉調寄西江月

世事未全看慣，平生莫要同塵。
一雙青眼會通神，清濁何嘗錯認？

打斷鼻梁噓翕，泯除口舌吟呻。
堪嘲畫個不成人，委曲伊誰過問？

其十一　觀鄭在東〈億載金城的午后（二連作）〉

鎮鎖臺疆繪刀戈，固守金湯血成河。
幻漚浮雲飄蒼狗，古嶺蔥蘢惠風和。

日曉天清疑酣戰，造化忍負生民多？
四百年間滄桑改，午後偷閒偶經過。
陵谷遷移硝煙冷，鐵棚熱舞唱新歌。
古蹟久已芟荊棘，疆場公園說銅駝。
希臘石人猶生面，浮沉幽都想玉珂。
凝閉窮陰故樓暗，億載金城字未磨。
我怪圖中細節少，幽懷直指初不訛。
還童手段拋巧智，剪取心象著妖魔。
線都粗略應有意，色不繽紛疑染痾。
祈禳莫問枕肱客，清風明月愁無那。

其十二　觀楊茂林〈標語篇 VI〉
無端偉力保臺灣，蘿蔔當前不得餐。
兩付羊頭相對笑，明天會更好誰看。

讀現代詩　四首

讀楊喚〈噴泉〉詩後有作
雲作墨池風作筆，雨為文字電為題。
空中寫罷誅仙詔，下視人間草木低。

讀陳黎〈戰爭交響曲〉

無語赴沙場，鎗聲凌塞北。
皇天奏管弦，國或成戈弋。

讀紀弦〈狼之獨步〉用嚎月者韻

孤蹤所到少人煙，一發狂吟犬代傳。
掀動疫風聲颯颯，驚雲敲月震青天。

讀林婉瑜〈說話術〉

林婉瑜〈說話術〉前言曰：「巴布亞人的語言很貧乏，每一個部族
有自己的語言，但它的語彙不斷在消滅，因為凡是有人死去，他們
便減去幾個詞作為守喪的標記。——地理學家巴諾〔Barno〕」此段
文字余甚愛之，因賦一絕。詩中□□，即消滅之語彙也。

薅花刈草就燈燔，天喪斯人且忘言。
埋字不妨□□綠，艱難後世守荒園。

戲為五絕句

偶見馬森老師沙龍照，支頤托腮，狀似牙疼；惟微笑淡定，當與齒
疾無涉。僕因仿拍一張，齜牙咧嘴，狀若甚苦。貼諸臉書，未料點

讚如潮漲，家兄回文更謂貌如大帥聞兵敗。詞友維仁勸賦詩乙首，因戲題一絕云。

無端牙痛便支頤，何必天涯有所思？
聞道胡兵窺塞外，更添心事上愁眉。

其二

臉書貼牙痛照，乃聞某生同有痛感。詢之何故，曰頭髮痛也。戲贈一絕。

掩面君如痛，牙床我自扶。
全身牽不動，一髮太無辜。

其三

前詩有「貌如大帥聞兵敗」語，乃合平仄，復擴為一絕，兼似抱衾詞友。

貌如大帥聞兵敗，愁似詩人撚短髭。
說我牙疼裝可愛，今宵能讚幾多時？

其四

僕昔日曾有「美人網誌容易關」句，欲擴為一絕，未果，乃擴為現代詩〈使用者網誌關閉中〉。今日忽憶此句，遂改「美女臉書容易關」，因為俚詞一首。

舊日留言欲遍刪，不教傖客妄窺斑。
桃花飄落隨流水，美女臉書容易關。

其五

疊前韻，用曠男語。

伊人情事杳然刪，發鬢無端淚已斑。
比似牡丹花下死，春風不度玉門關。

地圖

吾友清琦，喜蒐集地圖，尤喜具特殊意識型態者。丙戌年夏遊歐，
有女性友人某，跋涉千里送圖而來。僕謂千里送圖，固爲動人，披
而覽之，乃不盈寸。學長易霖聞而嘉之，曰：「此事可以有詩。」
僕因假借彼姝口吻，爲新詩一首。戊子年多，復爲律詩一首。其事
雖眞，其情乃假想。視爲宅男異想可也。

知兄雅癖愛奇殊，竟日馳車送此圖。
萬里河山如握有，微衷方寸漫稱無。
天涯宣撫分夷化，默處聽雷認實虛。
我不采桑歌陌上，使君明眼鑒區區。

雨後地無乾土蚯蚓群出半遭碾斃

微行郤曲憐腸破，慘目傷心究底工？
豈是百年龍鬥虎？尋常一夜雨兼風。
方除久旱欣秋稻，轉對淫霖憫夏蟲。
入屋掩窗佯不見，灌園泥土滿殘紅。

論詩

孤絃繁管孰知音？不向塵寰苦覓尋。
暗結雷胎藏百歲，一朝重活死人心。

徐德智簡介

2012年2月11日於新社

徐德智，生於楊梅，現居板橋。畢業於富岡國小、富岡國中、武陵高中、東吳大學中文系、中興大學中文系碩士班，目前為彰化師範大學國文系博士班博士候選人，兼任東吳大學、中國科技大學講師，講授詞選暨習作、大一國文、中文寫作與思維等課程。素以詞學為學術職志，而以填詞、讀詞為生活至樂。國中自修古典詩，稍知古、絕、律之體。高中進而學詞，漸成偏嗜，屢忘寢食。碩班以後，每有所感，率皆以詞從事。大學時期，接觸現代詩亦多。古典詩詞不能如意者，輒遣之於現代詩，以適其興。

創作自娛，偶獲青睞，因其緣會，零星散佈於不足為人道之處。

著有《並蒂詩風》（合著）、《明代吳門詞派研究》，以及學術論文數篇。

2011年11月21日於板橋

讀詞札記五則

徐德智

一、

李白〈菩薩蠻〉：

平林漠漠煙如織。寒山一帶傷心碧。
暝色入高樓。有人樓上愁。

玉階空佇立。宿鳥歸飛急。
何處是歸程。長亭更短亭。

此詞主旨究竟是閨情懷人，或是遠客思歸，向來解人甚多，而各持己見。上片前二句，描述眼前景色，正如俞陛云《唐五代兩宋詞選釋》云：「首二句寫登高晚眺，極目平林，林外更寒山一碧，乃高樓所見也。林靄濃織及山光入暮逾青，乃薄暝之時也。」故後二句，點明「暝色」，而且有人眺景生愁。「平林」一句，寫的是眼前遼闊之景；「寒山」一句，則承接上句，將視線隨著綿連山勢而延伸出去。從「入」字，以及下片的「空佇立」來看，知道此人並非時

至黃昏始到此，而是眺景已久，從白天眺到日暮。僅就上片而言，無從見出詞中主角是男性或女性，當然還不足以判斷閨情懷人或遠客思歸。

上片所述，點到即止，故下片有所承接，敘明愁之所在。俞平伯《唐宋詞選釋》云：「過片另起，與上片『有人樓上愁』，不必衝突。」如果下片另起，譬如上片正欲開口，卻突遭打斷。如此欣賞，則此詞詞價減半，無多可看之處了。下片前二句，當承上片歇拍而來，並且點出詞中主角與情感所在。關鍵在於「宿鳥歸飛急」一句。宿鳥借喻遊子，毫無疑義。但究竟是作為自喻，或是比喻遠人呢？陶潛〈歸去來辭〉云：「雲無心以出岫，鳥倦飛而知還。」宿鳥歸，而游子未歸，當為此詞用意所在。若觀者是閨中女性，宿鳥自是拿來比喻遠人。若觀者是旅中男性，宿鳥則是拿來自以為喻。從觀者觀物引起的心理反應強度來看，男性看見宿鳥歸飛，比之女性看見宿鳥歸飛，作為比喻主體的游子本身，其間驚心動魄的共鳴，實在是閨中居人所無法比擬的。俞平伯《唐宋詞選釋》、唐圭璋《唐宋詞簡釋》認定此詞為望遠懷人的閨情詞，固是一解，但以遠客思歸來欣賞，更見可讀性。下片歇拍二句，自問歸鄉之路，而所見唯有代表離別之長亭與短亭；只見離別，故歸鄉之路，亦是渺渺然了。視線隨著長亭、短亭無限延長出去，心中離別之意也跟著無限綿延不盡。

二、

李白〈憶秦娥〉：

簫聲咽。秦娥夢斷秦樓月。
秦樓月。年年柳色，灞橋傷別。

樂遊原上清秋節。咸陽古道音塵絕。
音塵絕。西風殘照，漢家陵闕。

上片寫歌妓與情人之小離別苦。從「簫聲」和「秦娥」可知，前二句所用的是《列仙傳》蕭史、弄玉典故。不過這裏似乎將此典故稍稍變化，講的是歌妓閨情相思，而非神仙眷侶。這二句將此詞從深更半夜說起。所謂「月」，是夜晚所見；所謂「夢斷」，則是入睡之後，半夜又驚醒，唯有與月相伴；所謂「簫聲咽」，則是女子醒來，不能復眠，遂吹簫銷憂，但簫聲低沉嗚咽，哀不成調。後三句，拉遠角度，并點出原因。「秦樓月」之重複，既是格律上的要求，也有結構上的用意。一方面，上承前兩句。二方面，強調了「月」之有陰晴圓缺，而人有悲歡離合；月不變，人常改。程大昌《演繁露》引《三輔黃圖》云：「霸橋，跨霸水爲橋也。漢人送客至此橋，折柳爲別。」柳色年年新生，灞橋年年傷別，這是歌妓與情人的悲哀。上片的主角是作爲居人的歌妓，但中間隱含了一個行人（亦即情郎）的線索。「秦樓

月」也暗示了時間的推移。古人送行啓程，多在清晨。故此歌妓夜中無法安睡，而本來半夜之月也變成了清晨之月。後三句乃順承之，藉柳與灞橋之場景，寫歌妓與情人之離別，不斷上演。

下片由歌妓與情人之小離別苦，擴大思考至歷史遷改之大離別苦。時間已是白天。敘述的主角，從居人女子，轉而爲行人男子。眼前所見爲行旅之苦，自然不同於閨中思人。或有以閨情作解者，這是單看上片，未就上下片整體分析，而造成的偏差認知。儘管是周敬《刪補唐詩選脈箋釋會通評林》周珽云：「由傷別寄情弔古，風神淡蕩，更多慷慨沉雄。」俞陛云《唐五代兩宋詞選釋》云：「自抒積感，借閨怨以寫之，因身在秦地，即以秦女簫聲爲喻。」唐圭璋《唐宋詞簡釋》云：「傷今懷古，託興深遠。」也有太過強調比興寄託的偏頗。唐五代詞主角多非作者本人，不該過於從作者方面來詮釋，而還是就詞作敘述脈絡、線索來賞讀，較爲恰當。下片實在是與歌妓相別之後，行人羇旅之所見所感。下片前二句，指出兩個地點，由所見寓所感。樂遊原，是著名遊春地，而今已是清秋蕭條。咸陽道，古時要道，想必當年交通頻繁，而人聲雜沓，如今卻是路上寂寞少人行了。樂遊原，百日即可蕭條；咸陽道，百年即可寂寞。「音塵絕」之重複，除了格律要求之外，同樣具有結構上的用意。承上，樂遊原與咸陽道皆音塵絕；接下，西風殘照中的漢家陵闕，可不更是音塵絕。故後三句述所見：幾百年前的漢家王

並蒂詩情

朝，留下的偉觀宮闕與陵寢，於今視之，孤寂冷落有過之而無不及。當時多少快意與歡樂，過後僅存陳跡，供人憑弔。再回過頭來看，微末的個人，身處滔滔歷史洪流之中，又能有多少作為呢？就連情人之間的小小離別，也無法彌縫！悲哉！

三、

　　馮延巳〈鵲踏枝〉：

　　誰道閑情拋擲久。每到春來，惆悵還依舊。
　　日日花前常病酒。不辭鏡裏朱顏瘦。

　　河畔青蕪堤上柳。爲問新愁，何事年年有。
　　獨立小橋風滿袖。平林新月人歸後。

　　上片寫舊愁。前三句自問自答。所謂「閑情」，與陶潛〈閑情賦〉之「閑情」相同，即平素裏無端而發、莫可名之的一種相思之情。〈閑情賦〉爲男子口吻，此則爲通篇爲女子觀點。好春時節，當與情人相攜出遊，然而女子卻每到春來，惆悵依舊，可知孤獨已多時，但想必性格內斂，人莫知其惆悵，皆以爲久已拋擲閑情。後二句敘春日獨居所爲，乃是日日到花前，痛飲澆愁，而經常飲至酩酊。這種痛飲酩酊，並不是膚淺好飲所致，而是心中相思層疊，無計可消除

之唯一下策。何由見得？末句「不辭鏡裏朱顏瘦」爲關鍵。日漸消瘦，不加推辭，仍然「日日花前常病酒」，可見相思之深。再者，青春之消逝，無法拒絕，「日日花前常病酒」一句實在中藏哀痛。陳廷焯《白雨齋詞話》評此詞上片云：「可謂沉著痛快之極，然卻是從沉鬱頓挫來，淺人何足知之？」所謂「從沉鬱頓挫來」，便是指「不辭鏡裏朱顏瘦」一句。「不辭」或作「敢辭」，境界便有差別。「敢辭」乃是敢於推辭，則不免逃避之譏，終比不上「不辭」的那一份執著與深沉。

　　下片寫新愁。前三句明知故問。俞平伯《唐宋詞選釋》云：「『爲問新愁』，對前文『惆悵還依舊』說，以見新綠而觸起新愁，與白居易〈賦得古原草送別〉所謂『春風吹又生』略同。」自是不錯，而觸起新愁，不只有草，而且有柳。草與柳，皆有象徵離別之意涵。「爲問新愁」，表面上是爲草與柳問枝葉何以年年新生，其實是拐彎抹角地爲自己問愁恨何以年年隨之生成。新綠年年見，新愁年年生。回頭對照上片前三句：年年新愁生成，一年年過去，去年新愁遂爲舊愁。新愁不斷生成，舊愁遂不斷累積，故此相思之愁，只有越來越深。前三句提出一個大哉問，實在無人能夠回答。故後二句以無言作結。獨立小橋之上，橋下逝川無情，青春漸老。「人歸後」可見佇立之久。狂風滿袖，更覺孤單，而唯有平林新月相伴，似乎稍可寬慰，但畢竟新月最缺，心中仍是寂寞。俞陛云《唐五代詞選釋》云：「詞家每

先言景，後言情，此詞先情後景。結末二句寓情於景，彌覺風致夷猶。」以情景概論，愈見其模糊，不如就結構脈絡言之，較爲深刻。

四、

晏殊〈浣溪沙〉：

一曲新詞酒一杯。去年天氣舊亭臺。
夕陽西下幾時回。

無可奈何花落去，似曾相識燕歸來。
小園香徑獨徘徊。

〈浣溪沙〉一調之作法，上片三句全部爲一結構，下片三句全部爲一結構。此爲通常之作法，而從此詞卻可以似乎看出另一種可能性：上片前二句、後一句，爲二個結構；下片前二句、後一句，爲二個結構。不過，此詞仍可見出近人趙尊嶽《珠玉詞選評》所謂「此等小詞，留連感慨，不難於鋪敘，而難於歇拍。」的極工之處。如何以一單句力承上文，並顧及過片、結尾之需求，相信是所有作詞之人的一項重要功課。

唐圭璋《唐宋詞簡釋》云：「明爲懷人，而通體不著一懷人之語，但以景襯情。」主旨懷人，自然不錯，但究竟是

女子懷情郎，還是男子懷故人呢？上片較不明顯，下片較爲清晰：從代表青春之花，與代表佳侶之雙燕，皆是閨情成分。然而通觀晏殊詞，多從自己觀點寫來，則此詞雖有閨情詞之可能，卻可以推想得更遼遠，推想爲詞人自己對於宇宙人生的感慨。

上片寫夕陽時節，獨飲於舊亭臺。詞以侑觴，但此際縱有新詞，勸人快飲，而景物雖同，人事已非。僅僅第二句，已能將此時情事道出，而第一句之強烈對比，增強了第二句的張力。第三句則是從「去年天氣」延伸而來，指出「幾時回」之遺憾。

上片三句，乃化用唐人鄭谷〈和知己秋日傷懷〉「流水歌聲共不回，去年天氣舊亭臺。」而來，不止是前二句而已。。

下片寫不堪再於舊亭臺、再聽詞、再飲酒，遂獨自到小園之中，漫行漫思。所見者花與燕：花者雖好，終不免落去，在人則無可奈何，時光逝矣；燕者亦佳，愛其歸來，似爲舊識，而故人今卻不在。之所以徘徊於香徑，除了特傷落紅，也因爲時光消逝、人事全非二者不可挽回之強烈無力感。

前二句極爲工整巧妙，後人稱讚不置。宋人胡仔《苕溪漁隱叢話》引《復齋漫錄》，云晏殊上句彌年未對，而王琪徑對之。清人張宗橚《詞林紀事》指出他曾在〈示張寺丞王校勘〉七律中，另有不同安排。并云：「細玩『無可奈何』

　　　　　　　　　　　　　　　　　　並蒂詩情

一聯，情致纏綿，音調協婉，的是倚聲家語。若作七律，未免軟弱矣。」此與清人王士禛《花草蒙拾》論詩詞分界，以此聯爲「定非香奩詩」，其中觀點如出一轍。此亦可見清人論詞「男子而作閨音」（語見清人田同之《西圃詞說》）之一斑。至於此闋〈浣溪沙〉與〈示張寺丞王校勘〉孰先孰後，《四庫全書總目·珠玉詞提要》引《復齋漫錄》爲據，以爲先有詩，後有詞。此可爲不得已之一說。

末句承上二句而來，粗看來平穩而已，但「小」、「香」二字，相信爲作者特加用力之處。「香」乃落紅之餘香，徒爲人所嗅聞、追懷。「小」指所處之侷促；人雖生於天地之間，而諸般難以解脫者，固不可勝數。

必須特地指出的是：花、柳、水、燕、夕陽等，皆爲詞中常用象徵，不得與典故相混。

五、

周邦彥〈滿庭芳·夏日溧水無想山作〉：

風老鶯雛，雨肥梅子，午陰嘉樹清圓。
地卑山近，衣潤費爐煙。
人靜烏鳶自樂，小橋外、新淥濺濺。
憑欄久，黃蘆苦竹，疑泛九江船。

年年。如社燕，飄流瀚海，來寄修椽。

且莫思身外，長近尊前。

憔悴江南倦客，不堪聽、急管繁絃。

歌筵畔，先安簟枕，容我醉時眠。

此詞爲周邦彥抑鬱州縣時作。

上片寫所處無想山之生活景況與心理狀態。

上片第一至三句，就夏日動植物鶯雛、梅子、嘉樹之生長，寫出時間緩緩流逝之感。此三句寫出此地之優點。「老」、「肥」字，十分警策。第一句乃化用杜牧〈赴京初入汴口曉景即事先寄兵部李郎中〉「風蒲燕雛老」而來。第二句乃化用杜甫〈陪鄭廣文游何將軍山林十首〉之五「紅綻雨肥梅」而來。

第四、五句，寫居住此地之缺點，在於潮濕，而衣不易乾。似乎直述現況而已，實則草灰蛇線，有所埋伏。參下文可知，此處寓有白居易〈琵琶行〉「住近湓江地低濕」之意。

第六、七句，寫與人相對之外物，居住此地之狀態。烏鴉爲外物舉例之一。烏鴉居住於此，由於地僻人來少，故樂不可支。澗水爲外物舉例之二。經春而夏，澗水新漲，且水勢沖激，充滿活力。〔宋〕陳元龍注第六句化用杜甫「人靜烏鳶樂」。此句不見《全唐詩》及《補編》，乃爲佚詩。

結尾三句，寫詞人自己居住此地之狀態。「憑欄久」，以其有所思。「黃蘆苦竹」，爲其憑欄所見。因其眼前所

見，與〈琵琶行〉「黃蘆苦竹繞宅生」相同，又因遭際困頓，遂讓詞人恍然有重做白居易江州司馬青衫濕之感。第四、五句與結尾三句，並非單純化用〈琵琶行〉詩句，而且是白居易之典故。

下片寫心中之抑鬱與解脫之法。上片結尾已點出生平鬱悶，下片由此開展。〔清〕陳廷焯《白雨齋詞話》云此「前後若不相蒙」，倒也未必。

下片第一至四句，以年年沙漠去來修椽的燕子，自喻自己宦遊勞苦，四處漂泊，如今只是暫居此地。

第五、六句，承上而有所轉。既然宦遊漂泊至此，姑且安心於此，尊前自有樂事。此二句化用杜甫〈絕句漫興九首〉之四「莫思身外無窮事，且盡尊前有限杯」而來。

第七、八句，承上而又有所轉。飲酒自有長味，但竟然不堪忍受急管繁絃之熱鬧，可知對於宦途之厭倦。「不堪」二字，比之李璟〈攤破浣溪沙〉「還與容光共憔悴，不堪看。」之「不堪」，更爲委婉有味。

結尾三句，承上而又有一轉，並呼應開頭。不堪聽急管繁絃，而急管繁絃又不可避，但求一時安寧於急管繁絃之中。「容」字用得含蓄，而含有不得已於時勢之慨。或以爲此處用《南史・陶潛傳》典故：「潛若先醉，便語客：『我醉欲眠，卿可去。』其眞率如此。」代表不顧旁人之眞率，心靈有所解放。但竊恐詞人詞意尚未超越如此。此詞之開頭與結尾，只是詞人故作開朗之辭，而中間種種，方是實情。

吾酷愛此詞。俞平伯《清眞詞釋》云：「詞爲清眞中年之作，氣恬韻穆，色雅音和，萃眾美於一篇，會聲辭而兩得，在本集中固無第二首，求之兩宋亦罕見其儔。」推重之語如此，未免過諛，然而愛賞之意，悠然心會，呵呵。

畫像

每日起床後
威風凜凜站定
讓歲月
仔細地為我繪一張像

今天
又添了一筆

雖不滿意
也沒有辦法

只能拿起刮刀
自己修去蒼色的鬍渣

如果允許我想念

如果允許我想念
一種風暴
半徑超過一百光年

同時也請允許我想念
一種水果

那只不過是一個夢
讓人眼角無端濕潤的夢

沒有時間刻度的下午
持續不斷地削蘋果

（一再重蹈美好的覆轍）

你和我都懶得去思考
是蘋果貼著刀子
還是刀子繞著蘋果

好朋友

我已經離不開你
僅次於槍的好朋友

比起靶紙上的那些彈孔
雖然年輕時你也無心傷害過幾個人
畢竟我和他們均已痊癒
只是不再往來

我們市儈得相當成功
似乎是某種進步
因為存款簿中的數據顯示
多頭的情調

還好
我們做過一番事業
秘密地熬夜
不被太太知道

老死之前
你是我僅次於槍的好朋友

註：好朋友即筆。

第一志願

今天他的第一志願
是臥在清涼的鐵軌上
等待如飛的時光
與之痛快碰撞
將滿胸的熱血拚命激盪
猶如下午那杯再飲不下去的黑咖啡
遂使糖匙攪出一輪漩渦
一輪越來越是越不可收拾的漩渦
不計代價猛地全然潑灑出來
才好教世人知道
矻矻考上第一志願的學生呵
也有著自己的第一志願

我必須這麼說
某些滋味
只有好學生知道

註：日前聞一建中生臥軌，搶救罔效。猛然憶起自己高中時期也想過自
　　殺一事。

手機病：幻聽

才沒幾年
我已隨著科技的發展
變老許多
一聽見咳嗽
喉嚨就癢了起來
聽見鈴聲
口袋不自覺就癢了起來
急急掏出手機
替它檢查

沒有癢處的癢
不知該如何搔
只好進入選單
按下播放
（鈴聲忽地響起）
然後關掉

手機病：低頭

賴科技進步之力
好不容易醫治好了幻聽
（現在只有時代落後者才用制式鈴聲了）
又得了軟脖子的病

摩娑摩娑
隨著低聲密語
神仙幻出來
而你進入最新的造物之化

山中無甲子這件事情
劉晨阮肇已哭過了

並蒂詩情

手機病：作夢

無異於一個詩人
突然地怔住
而其眼神發亮，指尖振奮

無知覺於真實的真實
而專注於某一些關於你我的夢
經常性的短暫昏迷
於運輸工具、建築、街道與房間
行走坐臥之外

阿里山的姑娘美如水呵——
已經錯過

喜歡的完成式

喜歡一種喜歡的喜歡

喜歡偶然的偶然
喜歡花的花
喜歡單純的單純
喜歡紅的紅

偶然也會單純地喜歡花是白的

花季過去
我的喜歡已完成

喜歡的進行式

你喜歡
就喜歡
你不喜歡
就不喜歡

我還是繼續著
我的喜歡

我不喜歡
就不喜歡
我喜歡
就喜歡

你還是繼續著
你的喜歡吧

關於這樣子的歡喜
沒有最好的了

喜歡的過去式

經常喜歡一些相片
甚於欲起毛邊的小說
午後重播的日光

一如喜歡研究的相對論
其信仰科學並通過數學驗證

追上光
就能了解一點什麼
較黎明前的幻影或啓示真實許多

即使追上光
也無法改變什麼
徒留枉然的追憶
始能真正相結無情遊

戒斷症候群

即使蒐集足夠多
對白　也不會去找你

因為這城市已恢復
匆忙的秩序
自有的存在主義

一瞥而過　來不及
某一張似曾相識的臉龐
但已驚喜
　　那副表情

千萬人之中
觸碰孤獨，而不孤單
卻不快樂

有幸

1

有讀者
便是有幸

互不相涉
但有人讀信

那些風簾微動
水珠在玻璃窗上暗轉的時光
因之納入永恆的尺度

2

我已死
但有幸重生
在漬黃的手札裏
在塵污的日記中
在偶然得之的詩句間

只是
我又死
在若干行
作者簡介之後

3
但持一缽
來回行走於岸與海
向海時，空
即岸時，盈

醉心於豔陽高揭
遼夐無緣的純白色沙灘
渴且不動
細傾缽中
欲歸之海
（流動者何其有幸）

未幾又涸
我已啟程

可能性

敗軍之將不可言勇
亡國之臣不可言智
推一部購物車不可言
信用卡額度的天馬行空

我乃昂首
看著這個螢幕互相連結的世界（手機、電視、電腦……）
真真切切地感覺到
日子的漫長

若有某種可能
我願為一專心之果蠅
被打擾之前
不斷地安靜
進食且運動
透明且亮的翅膀
以及細毛絨絨之長腳

那是一種使命感
明快果決且堅硬

旅遊旺季

美西免簽首發四萬有找
北海道風情畫不到二萬
九寨溝銀色童話八九九九
香港機加酒每天只要一千

的確起風了
這秋色晴空
世界以我不知道的方式擴張著

大學圖書館的一對青年戀人
以眼神相追隨
順著階梯而旋轉升上
更一層樓

此時我一歲半的兒子
走入屋旁的小庭院
正揀拾一顆精巧的石子
站在他喜歡的翠蘆莉面前

註：翠蘆莉，花名，朝發夕謝。

爸爸的爸爸節

太陽公公曬熱了我的屁股
我伸伸懶腰
睡得好飽

我好開心
媽媽好開心
爸爸也好開心

「甜夢少女」阿姨

喝過奶後
昏沉欲睡
爸爸抱著我
來到「甜夢少女」阿姨的面前
輕撫我背
且低唱一支不知名的歌：

　　寶寶快快睡
　　爸爸在你身邊
　　睡覺會長大
　　長大又健康

　　寶寶好好睡
　　爸爸在你身旁
　　睡覺會聰明
　　聰明又強壯

「甜夢少女」阿姨
讓我偷偷告訴你：

我當然喜歡豐富的顏色
以及樸實的線條
但最最最——喜歡的
還是你和我相似的微笑

靠在爸爸的肩膀上
我想睡
又不想睡

註：客廳掛有畢卡索「甜夢少女」複製畫。

眼鏡

爸爸問我
架著耳朵的是什麼
跨過鼻子的是什麼
遮住眼睛的是什麼

（那不知道是什麼的戴在臉上）

我沒有戴，而且
看得很清楚
一快手
就把那奇怪形狀抓了過來

（原來是隻塑膠青蛙！）

牙牙學語

（溜滑梯的女孩）
（很高興又見到妳了）
（距離我們上一回見面）
（已經一週三個小時又十分鐘）

（這片樹葉）
（請妳收下）
（它雖然看起來平凡無奇）
（卻是我花了一整個下午所挑選出來）
（最接近詩的意象）

（請妳收下）
（希望妳不會隨手忘記在垃圾桶的旁邊）
（請收下）
（希望妳好好收藏起來）
（雖然挼碎了撒向天空的那繽紛我也愛看）

（溜滑梯的女孩）
（不要走）
（我的話還沒說完——）

《魯拜詞》

〈譯前序〉

　　《魯拜集》爲波斯詩人奧瑪珈音（1050～1122）四行魯拜體詩集，曾由英國Edward Fitzgerald（1809～1883）選譯爲英文。黃克孫（1928～ ）七絕譯本，便是自此英譯本衍譯而來。黃氏譯本稱者頗多，流傳亦廣。筆者約十年前購得此集，囫圇而讀之，不求甚解。一年前，偶又抽架瀏覽，遂有自譯詞體之意。人事倥傯，不料一年過矣，今不爲之，豈復待來茲？姑且以〈漁歌子〉爲體，亦衍譯一百一闋，自題曰「魯拜詞」。

20090131

一

賦得三千不夜燎。
羈雲遊子鳥曉曉。
登頂去，路迢遙。
蘇丹塔頂曙如矛。

二

夢影耽延一夕深。
朝來猶聽醉中吟。
「歡似月，怨如岑。
逢春豈可惜千金。」

三

一叫雞鳴擘國邦。
歸來吹滅燭留香。
「應幾許，歲堂堂。
今生不似柳絲長。」

四

新雨橋邊醒介推。

卻將春水釣沉思。

鳥豈白，問摩西。

耶穌吐玉走栖栖。

註：黃克孫衍譯注云：「《可蘭經》云摩西手白如雪……據回教傳說，
　　耶穌氣息，能撫癒創傷。」

五

伊覽堪尋磊塊中。

七環詹息慰雄風。

千載後，戰無功。

奇珍自是水邊紅

註：黃克孫衍譯注云：「古波斯王Jamshyd有七環杯，以象七天、七
　　星、七海。杯中常盛不死藥。伊覽（Iram）。古波斯名城，現已埋
　　沒土下。」筆者以詹息為Jamshyd音譯。

六

歌者忘歌漫興舒。

杜鵑啼舌欲連珠。

能藥恨，是屠蘇。

千花百草一時朱。

七

珍惜芳菲滿獸尊。
崎嶇前路盡漪淪。
空記得，綠羅裙。
如投一鳥入春雲。

八

無論殘城十二樓。
莫言金盞喜和憂。
閑日月，逝悠悠。
飄零一一減素秋。

九

日日玫瑰萬朵來。
每疑前日蕊何開。
今又是，佇蘭臺。
天庭徙去小心栽。

十

吳越稱孤范太湖。
飽歌三疊且歸歟。
風夜吼，一何愚。
瀏瀏汗簡止區區。

十一

迤邐天霖潑酒漿。
漸生沙漠野蒼蒼。
封禪處，早相忘。
逍遙第一臥東床。

十二

櫟下瀏瀏一卷書。
一壺陳釀一醃蔬。
君為我，激明珠。
當前野莽是華胥。

十三

太息娑婆自可悲。
嘆他深智與誰歸。
拋萬鎰，拚三卮。
遙聞日月競連鑾。

十四

請向玫瑰共倚闌。
「我來銷爾積愁顏。
歌窈窕，舞蹁躚。
朝朝宿淚灌西園。」

十五

敬醨移饌枉骨骸。
冒風衝雨往來哀。
天地轉，翠雲乖。
金鍬惜我已沉埋。

十六

楚殿曾經舞細腰。
玉尊勤王勢尤嬌。
沙上雪，一時銷。
狂風捲盡剩咆哮。

十七

天地恒開逆旅門。
世間皆是旅行人。
時不與，向沉淪。
英雄散木並紛紛。

十八

一去仙人訊息微。
遼東華表爾安歸。
誰善射，報調醯。
無教桂苑自淒迷。

十九

花好年年勝去年。
年年顏色輸從前。
花似昔，憶流年。
當時為我佩胸前。

二十

嫩綠嬌紅助暖波。
妹來連袂水之阿。
哥不吝，放清歌。
溫柔在誦是晴多。

二十一

斟我空杯滿勿休。
杯中前恨與新愁。
君莫問，潤焦喉。
依然萬載臭骷髏。

二十二

怪侶狂朋著楚冠。
千鍾賢聖有何難。
歌席畔，盡清歡。
如今一一向闌珊。

二十三

歲歲盂蘭樂鼓吹。
今年三伏亦葳蕤。
芳草徑，早迷離。
安知腳底已埋誰。

二十四

且拚青春拚此身。
須臾磊磊變微塵。
傳後世，去問津。
無侵水火一真人。

二十五

我種西園更力鋤。
待君來歲賞茱萸。
聞老圃，子時哭。
「空中望報一何愚。」

二十六

諸聖群賢講論高。
析情分理不辭勞。
唯達者，識無憀。
千川萬里入滔滔。

二十七

少小離鄉問道勤。
聽遍名山磬鐘音。
山徑曲，仰氤氳。
經過猶是舊山門。

二十八

深納菩提芥子中。
低頭耕耨漸成叢。
秋割取，竟全功。
「我來似水去如風。」

二十九

宇宙蒼茫自無由。
眼前花落水空流。
何不逝，不羈舟。
春風過耳送人浮。

三十

無柢人生不必疑。
漂流隨處似遺枝。
誰為賦，杜康詩。
清歡莫怕酒闌時。

三十一

第七門中越地天。
驀然回首恨人間。
還易解，九連環。
焉能妙手釋情關。

三十二

雖有豪門不可居。
輕紗塵暴但遮無。
予與汝，誓非虛。
言成不見汝和予。

三十三

直問黃泉僅一墳。
海潮悲誦亦無因。
來暮雨，去朝雲。
千年費解復晨昏。

三十四

飛鞚匆匆夜入林。
月明驚鳥照寒襟。
回馬地，覓遺音。
「紅樓去聽美人吟。」

三十五

莫厭親唇劣酒杯。
此中堪使我知幾。
「私語汝，莫依違。
青春畢竟喚無回。」

三十六

欲證三生已忘言。
痛歌狂飲舞蹁躚。
杯不語，汝來前。
來看是否我酡顏。

三十七

我亦生生不可辭。
忍看陶匠塑新瓷。
聞宿願，是何期。
「期君擲我要仁慈。」

三十八

安是由來有譜圖。
英豪箋注墨兼朱。
生老死，返泥塗。
安非造物造人模。

三十九

釃醆三杯請滿觥。
恨如江水請來盟。
山鬼在，眼猙獰。
醇醪足使慰平生。

四十

看鬱金香飲露晞。
酒泉滋壤告春回。
何所似，則何為。
人生不過似空杯。

四十一

凡聖如今俱莫愁。
纏綿明日付飄流。
收碧鈿，替梳頭。
佳人報答薦浮漚。

四十二

縱飲醇醪亦縱歡。
香銷筵散似未然。
思往事，惜流年。
行行不止舊鞍韉。

四十三

攜酒仙人下濁凡。

聰明尋汝到河干。

言未了，酒先乾。

西江吸盡換東川。

四十四

一縷清魂出紅塵。

霓裳雲馳到崑崙。

羞范蠡，醒時昏。

鴟夷子是革皮身。

四十五

七寶珠簾昨夜搴。

蘇丹酣死帳中眠。

王既覺，命如延。

堪知此夕病依然。

四十六

枉煉精鋼繞指柔。

一千花月盡煩憂。

杯與碗，傾無休。

人間泡影酒漿流。

四十七

爾滅吾生可奈何。

十方仍舊是娑婆。

來復去，似經過。

如投一石赴煙波。

四十八

廢泉從來最可嗟。

暫時滋味見繁華。

羈旅客，繫天涯。

勞生有限苦驅車。

四十九

生似黏花陌上塵。

何妨杯酒獻靈魂。

剃一髮，兩其分。

安知是事假和真。

五十

一髮緣何辨兩端。

覓安心法解痴頑。

無盡藏，貴能觀。

悠悠赤壁夜行船。

五十一

石上流泉入海奔。
春霖過後對行雲。
來又去，避秦人。
惟他不動塊然存。

五十二

花裏冥思露欲晞。
此身將共泮晨霓。
君問我，何所遺。
徒然造物一時嬉。

五十三

滿地江湖不可歸。
蒼茫三叫報聲微。
今矯首，且低回。
明朝笑我昔猶非。

五十四

勿使流光任意拋。
舌爭蝸角實徒勞。
斯樂土，多葡萄。
醇醪一飲勝心焦。

五十五

杯有黃湯勇有胥。

〈鳳求凰〉竟意無餘。

能顧曲，敢當壚。

殷裙煮酒伴相如。

五十六

要路津兮競苦尋。

九江船者自沉吟。

登小閣，問遙岑。

人間豈有酒杯深。

五十七

人道晨昏有短長。

滄桑多少卻難量。

明未至，昨先亡。

銀杯一把是清狂

五十八

王子喬兮鶴下來。

暮光昏矣觸塵埃。

方丈島，鳳凰臺。

開囊飲我忘形骸。

五十九

拾取平生愛苦愚。
并身頑鐵餵洪爐。
須九轉，竟如初。
葡萄一酹上蓬壺。

六十

水上雲間大力神。
善眉持劍劈青春。
求一掃，蕩清塵。
杯中放我自如身。

六十一

遍地葡萄任我需。
擲杯輕敢捋龍鬚。
翻有幸，覆成辜。
明明俎上置頭顱。

六十二

多悔從前但信書。
人間贏得枉唏噓。
過萬劫，盡塵餘。
杯深且莫惜頭顱。

六十三

醒亦非醒不肯醒。
鳥之為鳥賴長鳴。
由一死，拚今生。
花萎不悔有其榮。

六十四

豈不天門太怪奇。
人人一入闃如斯。
春已轉，燕能歸。
惟無好語點靈犀。

六十五

一隊玫瑰爛漫開。
燎香焚骨作生涯。
香已杳，骨誰埋。
來春似醒轉靈胎。

六十六

我祭清魂入冥茫。
天機覷得好還陽。
終有信，不辜望。
傳言「放下即天堂」。

六十七

一快能教菌茝生。
寸愁雖短苦如烹。
三萬日，費經營。
依然到了一身輕。

六十八

地上悠悠一隊長。
汝前予後更相將。
隨造化，繞太陽。
崎嶇轉輾急蹌踉。

六十九

駑馬盲人主鑄成。
白天玄地勒棋枰。
嗔即殺，令須行。
漫收棄局入幽冥。

七十

滾滾圓球有是非。
但看球界擊高飛。
猶汝我，落場畿。
終惟上帝定幾微。

七十一

爛爛天書血未乾。
欲求重寫最艱難。
移一字，眼先酸。
中間更有淚斑斑。

七十二

覆缽空空罩頂天。
莫非渾噩月將年。
頻舉手，望垂憐。
原來亦是少閑眠。

七十三

大地勞勞育土民。
長苗成穗實酸辛。
終不語，碧如茵。
東村赤子笑啼新。

七十四

昨日承顏拜路多。
明朝贏得幾呵呵。
堪痛飲，且狂歌。
沉醉莫問事如何。

七十五

為我平心傾耳聽。
一川征路市塵聲。
蓬亂轉，酒新停。
杯中澹蕩是清明。

七十六

雙燕歸來戀老巢。
青藤惟我枕頭高。
門外漢，枉咆哮。
重門早把鎖匙銷。

七十七

一盞明燈在我胸。
酒杯斟出照顏紅。
僧十萬，寺千峰。
如何百誦不為功。

七十八

我有陶杯不上科。
自將清洗自摩娑。
何足道，勿輕訶。
杯中桂影正婆娑。

七十九

但為天公賦賤軀。
一生奔走苦為奴。
無處釀，萬金租。
長教日暮喵窮途。

八十

誰令閻王不自休。
潛教魑魅闇來勾。
安陷阱，設陰謀。
何妨老子坐青牛。

八十一

日下人心竄毒蛇。
藏凶多是一層紗。
邪半正，正半邪。
無機亦有一杯茶。

八十二

不會行杯不會吟。
戚哀哀老日相尋。
尤可惜，彼林檎。
背人落地負酣心。

並蒂詩情

八十三

余在人間汗漫行。

汝隨牆角臥縱橫。

余好辯，汝傾聽。

相澆互浸玉壺冰。

八十四

陶甕陶陶亦有言。

「哀於蒲柳脆於紈。

常滿飲，久貪歡。

方才不負到人寰。」

八十五

其次醺醺復有詞。

「慨慷何惜夜光杯。

輕晉碗，改商彝。

惟當痛飲是男兒。」

八十六

悄悄其三始再陳。

「天生吾陋豈無因。

君莫笑，酒尤親。。

杯傾面上轉青春。」

八十七

窄缶嘵嘵欲語些。

卻聞嘲哳嗌而哇。

「家似寄，寄如家。

何方似寄又如家。」

八十八

直道「偏私」別有罈。

「分明同是焰交兼。

他抱苦。汝承酣。

蒼天若此不公廉。」

八十九

低語如囂膽氣堅。

「薄香能濟酒杯乾。

君試看，我蹣跚。

心存猛志總持干。」

九十

便給聰明未了時。

一輪明月正低眉。

言已悔，眼都迷。

「終期於盡復奚疑。」

九十一

引滿瓊漿好做人。
死來清洗好為魂。
釃一麴，葬余身。
明年化作好芳芬。

九十二

來是空言去是風。
蟋蛄無業可相從。
生酷暑，上喬松。
清秋逢露月溶溶。

九十三

一坐棋枰枉一生。
將軍驅馬費經營。
扶醉社，點漁燈。
丹青盡是贊浮名。

九十四

曾立桑田誓萬千。
旋生滄海濺衣冠。
春復去，燕雙還。
飛花不掃獨憑闌。

九十五

縲紲羈人總自纏。

醇醪無力可開顏。

花滿地，燕盤天。

中腸一熱豈相關。

九十六

勢必春歸葬落花。

暌違人面不須嗟。

新燕子，舊居家。

有時一旦向天涯。

九十七

月冷龍沙久不毛。

仙人何處枉扶搖。

施雨水，似葡萄。

雲間待見侍兒嬌。

九十八

逐日如飛不可追。

當時誰為證鬚眉。

歸院落，下書帷。

桃箋草草一篇詩。

九十九

聊共清溪度夕暉。
斜陽何必訂歸期。
將綠滿，漸紅稀。
重接杏蕊入春泥。

一百

明月徘徊夜未央。
吳剛大斧志堂堂。
治桂影，斬清光。
遺留一段自收藏。

一百一

待上天堂豈太遲。
不如詩酒兩淋漓。
花解語，燕銜泥。
何曾苦費姓名垂。

〈譯後跋〉

今日之譯成，已歷三年有半。計2009年作四十二闋，2010年作十闋，2012年作四十九闋，偶作時歇。朱彝尊〈紫雲詞序〉云：「昌黎子曰：『歡愉之言難工，愁苦之言易好。』斯亦善言詩矣。至於詞，或不然，大都歡愉之詞工者十九，而言愁苦者十一焉耳。」韓氏之論，知之久矣，朱氏之言，方今能會。能說愁苦甚易，能道歡愉卻難。若能道出，十九爲工。深刻之愁苦，人易感，故易說；深刻之歡愉，人難知，故難道。能知深刻之歡愉者，往往能知深刻之愁苦；反之，則不必然。大抵人生之進境也。「十九」、「十一」皆謂比例而言。言愁苦者多，言歡愉者少。能言愁苦者固多，能言歡愉者更少。多中見多，故十一；少中見少，故十九。況古來能詞者，雖言愁苦，多用歡愉筆；即言歡愉，亦具愁滋味。

濫竽博士班已久，謹以此一百一闋向失落的時代致敬，並紀念這段特別的日子。

此間標點，一依句讀韻慣例，不按語意，至多加上引號、篇名號，以明章法。

20120705

攤破浣溪沙　週一上午例往東吳，下午授國文，晚上授詞選。捷運上作此，題《魯拜詞》後。

七竅鑿穿會有時。我今不得見天倪。流水行雲皆

待價，許心知。　　久歷人間成俗物，枉期霜首下書帷。長幸小耽詞一片，醉如泥。

20121022

國家圖書館出版品預行編目(CIP)資料

並蒂詩情 / 徐世澤等合著. -- 初版. --

臺北市：萬卷樓, 2013.01

面；　公分. -- (文化生活叢書)

ISBN 978-957-739-789-8（平裝）

831.86　　　　102000681

並蒂詩情

2013 年 1 月 初版 平裝

ISBN　978-957-739-789-8　　　　　　　　　　定價：新台幣 480 元

作　　　者	徐世澤、邱燮友	出　版　者	萬卷樓圖書股份有限公司
	許清雲、徐國能	編輯部地址	106 臺北市羅斯福路二段 41 號 9 樓之 4
	吳東晟、徐德智	電話	02-23216565
發 行 人	陳滿銘	傳真	02-23218698
總 編 輯	陳滿銘	電郵	editor@wanjuan.com.tw
副總編輯	張晏瑞	發行所地址	106 臺北市羅斯福路二段 41 號 6 樓之 3
編　　輯	游依玲	電話	02-23216565
編　　輯	吳家嘉	傳真	02-23944113
封面設計	斐類設計	印　刷　者	晟齊實業有限公司

如有缺頁、破損、倒裝　　網 路 書 店　www.wanjuan.com.tw

請寄回更換　　　　　　　劃 撥 帳 號　15624015